JN056475

人物紹介
マリア
美樹本有咲
ローサ

乙木雄一
ジョアン
ティアナ
ティオ

クラス転移に巻き込まれた
コンビニ店員のおっさん、
勇者には必要なかった
余り物スキルを駆使して
最強となるようです。2

日浦あやせ
(Narrative Works)

ぶんか社

C O N T E N T S

プロローグ　ある女神の傍観

「どうしてこうなっちゃったのかしら」

私は頭を抱えながら、そう呟いた。というのも、気まぐれに召喚された勇者たちの様子を見てやろうと、世界を見下ろしてみた時にふと目に入ったものが原因だ。

「というか、なぁ～んであのおっさん生きてるの？」

頭を抱える原因となったおっさん、乙木雄一とかいう男を神の世界から見下ろしながら呟く私。

何を隠そう、この私こそが勇者たちにスキルを与えた張本人なのだ。おっさんに与えたものが、人間では適応できないスキルばかりであったことぐらいは覚えている。

そんなものを大量に魂へぶちこまれて、無事で済むはずがない。良くて廃人、最悪なら即座に魂が砕けて消滅してしまうはずだった。

なのに、なぜかこのおっさんは生きている。

それどころか、本来ならば廃棄する他なかったはずのスキルを使いこなし、異世界チートライフを謳歌しているのだ！

「ともかく、まずは状況整理ね」

私は慌てて、おっさんがどのようにして今まで過ごしてきたのかを過去にさかのぼって閲覧する。女神なので、見るぐらいなら楽勝なのだ。

そして、目を通し始めて早速驚く。

「多すぎる上に本来人が持つはずが無いスキルの数々が原因でステータスの表示上ではエラー表記。しかも弱いからって理由ですぐさま王宮から追放決定、かぁ。それでよく今まで生きてこれたわね」

普通ならわけも分からず一文無しで放り出され、まともな仕事にもつけずに底辺へと転がり落ちるところだろう。

けれどこのおっさんは違った。あれよといううちに追放までの猶予（ゆうよ）を勝ち取り、その間に書物等から必要最低限の知識を学ぶ。そして宮廷（きゅうてい）魔術師から魔法の使い方まで習得した。

そして追放された後は身元が怪しくてもつける職業、冒険者となって活動開始。

ここでもおっさんは、ただのおっさんとは思えない実力を発揮。っていうか加齢臭（かれいしゅう）で魔物を撃退するのはキモい上に予想外。

そんなこんなで冒険者を続けていくうちに、十分なお金が貯まったところで転職。冒険者のおっさんから、魔道具店のおっさんにジョブチェンジ。ついでに可愛いギャル系の女の子を保護。

「うらやまけしからん！　私も可愛い女の子侍（はべ）らせたいわっ！」

思わず本音が漏れてしまった。

ともかく、その後のおっさんだ。付与魔法を駆使して、おっさんにしか作れない廃棄スキルを付与した魔道具の開発を開始。見事に成功し、照明魔石とかいう売れ筋商品が誕生。こいつを皮切りに、魔道具店は儲かり始める。

そうして繁盛し始めたおっさんの店は有名となり、宮廷魔術師の耳にまで噂が届く。再び出会った二人は、主におっさんの計画について話し合う。ざっくり言えば、お金持ちになって勇者たち、元高校生を保護するという話だ。

そこで宮廷魔術師から協力とも言えないような約束を取り付けたおっさんは、その後も順調に魔道具店の経営を続けた。


で、今に至るというわけだ。

こんなのチートだ。卑怯だ。そもそも、こんな使い方をされるとは思ってもいなかった。死ぬはずだったおっさんが生きていて、しかも人間には使えないはずのスキルを無数に駆使する化け物になっているなんて。

というか世界中から集めたスキルをこうして駆使することが出来るなら、それこそ勇者称号スキルにも近いチートを発揮できるに決まってる。困ったら何かしらのスキルを使い、ほぼ確実に問題を解決できるんだから。

戦闘能力については勇者に及ばないだろうけど、それ以外に関しては勇者以上のチートだ。どうしてこうなった。

いや、現実逃避はやめよう。そもそもおっさんが生き残る可能性を考えず、私が分不相応なスキルを大量にぶち込んでしまったのが悪い。

「でも、見方によっては好都合かも？」

私は過去の自分の浅はかな行いを反省しながらも、そう呟く。

そもそもの理由。どうして私が、たかが人間の求めに応じて異世界から人を呼び寄せ、彼らにチートスキルを付与したのか。

そこには当然目的があった。今もまだ、その目的については達成されていない。現在進行系で、勇者たちには期待しているところなのだ。

そしてこれからはこのおっさん、乙木雄一にも期待することになる。

想定外の不確定要素、という不安はあるものの、本人の性格は善性に寄っている。そう悪いことにはならないだろう、と楽観視しておく。

となれば、勇者称号にも匹敵するチート持ちがこの世界に存在するというのは都合がいい。

「ふふっ。楽しみになってきたわね」

さて、乙木雄一はこれからどうなっていくのだろうか。楽しみになってきた。

第一章　数多（あまた）の成長

後日。シュリ君は正式な書面を持って再び私の店に訪れました。そして本契約を交わし、定期的に照明魔石を納品することとなりました。

また、私の店『洞窟（どうくつ）ドワーフの魔道具やさん』は正式に宮廷魔術師お墨付きの店として指定して頂きました。

これは要するに、宮廷魔術師が研究過程で必要とするものを仕入れる時に使う店だ、と名指しすることを意味します。

このお蔭で「研究過程で必要だ」という名目で予算を貰い、私の方へと流してもらうことが可能になるわけです。

まあ、当然名目上の研究、つまりお金を貰うための建前を考える必要がその都度生まれるわけですが。

しかし借金ではなく、勝手に使っていいお金を貰えるわけです。単に私の店へ融資（ゆうし）してもらうよりも、遥かに良い待遇だと言えるでしょう。

お金に関してはある程度の見通しが立ちました。

が、残る問題は労働力。つまり私の店で働く従業員についてです。

計画としては、ボロ布ローブの件でお世話になっている孤児院の子たちを教育し、良い人材として育て上げるつもりです。

が、すぐさま労働力となるわけではありません。

そもそも、孤児院の子たちは将来の幹部候補とでも言った方がいいでしょう。ヒラの従業員については、一般から募集するつもりです。

そこで、魔道具店の新たな従業員を募集することとしました。

理由としては、これから商品のラインナップが増えれば忙しくなることが予想されるからです。

特に、私は店頭に立つ以外の仕事も数多くこなす予定です。有咲さん一人で、今以上の仕事を回すのは不可能でしょう。

そこで、新たな労働力として従業員を二、三名ほど雇うことを決めました。

狙い目は、冒険者の旦那さんを亡くされた未亡人です。

冒険者さん同士の口コミや人間関係から、求人情報が行き渡りやすい点。そして何より、恐らく安定した時間を働いてくれる見込みが高い点が目を付けた理由になります。

当然、未亡人の知り合いを紹介してください、等とは口に出しません。

あたかも普通の従業員を募集するように、冒険者さんに世間話を切り出します。

その上で、安定して長時間働ける点や、仕事内容は簡単で、体力をそれほど必要としない点などを説明します。

するとあら不思議。冒険者さん同士で情報が共有されて、自然と未亡人の方へと話が伝わるわけです。

冒険者という仕事柄、友好関係は既に働いている人間か、知人の冒険者の家族ぐらいなものです。

そして既に働いている人間は求人に食いつきません。冒険者は仕事上、安定して長時間働くことは出来ません。

なので自然と、求人情報は冒険者の家族の元へと行き渡るわけです。

そして、火急（かきゅう）仕事を必要としているのは、その中でも夫を失い、収入源を失くした未亡人です。夫が生きていれば、無職の妻は専業主婦に徹します。あるいは夫の稼ぎが足りず、既に働いているはずです。

そうした理由から、求人には未亡人の応募が来ると予想しました。当然、未亡人でなくとも条件に合えば雇うつもりですが。

そうして募集した結果、二組の応募がありました。一組目は、予想通り未亡人。C級の冒険者さんの夫を亡くしたばかりで、すぐに働きたかったとのこと。

面接の結果、人格的にも問題はありません。簡単な足し算引き算も出来ます。当然、すぐに雇いました。

そして、二組目の応募です。こちらが、少々変わり種でした。

面接にやってきたのは、身なりの整った女性。そしてそっくりな顔立ちの少年と少女です。

「はじめまして、乙木様。私はマリアと申します」

身なりの良い女性、マリアさんは丁寧にお辞儀をします。こちらもお辞儀を返し、手早く本題に入ります。

「さて。マリアさんは、なぜ今回の求人に？」

「はい。実は」

そうして、マリアさんの身の上話が始まりました。

四年前に旦那さんを亡くしたそうなのですが、その旦那さんがなんとA級冒険者だったそうです。十分すぎるほどの財産を残してくれたそうで、四年間働くことは無かったとのこと。

しかし、子どもを育てつつ家に引きこもっていると、人間関係が希薄になり、時折寂しく思うことがあったそうです。

そこで、マリアさんはどこかで働くことを考えたそうです。それも、子どもと一緒に。

子どもから目を離したくないため、子どもだけを家に置いて働きには行けない。けれど子どもでも働けるような仕事はそう多くない。あっても、三人を同時に雇い入れてくれるような仕事はなかなか存在しません。

そんな中、私の出した求人情報を耳に入れ、興味を持ったそうです。簡単な仕事であれば子どもでも出来るだろう、と考えてのこと。

「しかし、常に三人一緒に働いてもらう、というのは難しいですね」

私は正直に、マリアさんの要望には応えられないことを告げます。

が、マリアさんは首を横に振ります。

「それについては、場合によっては気にしません。乙木様が、しっかり面倒を見てくださるのでしたら、うちの子だけの出勤もアリだと考えています。それに、託児所扱いするわけではありませんが、私が働いている間は子どもたちをお店のどこかに置いていただけるだけでも良いのです」

「ほう、なるほど」

そうなると、シフト組みもなんとかなりそうです。幸い、うちの店の二階には部屋の余裕があります。ひと部屋を、仮の託児スペースとして使う分には問題ありません。

「しかし、お子様からそれほどまでに離れられないというのは、何か理由がおありなのですか？」

「ええ。実は」

そう言って、マリアさんは双子の少年と少女、ティオ君とティアナさんの耳元の髪を掻き分けます。

そして耳を顕（あらわ）にします。

耳の先端が、人間ではありえない程度に尖っているのが見えました。

「うちの子は、ハーフエルフなのです」


マリアさんの子ども、双子のティオ君とティアナさんは、ハーフエルフと呼ばれる存在でした。

ハーフエルフとは、エルフと呼ばれる人種と一般的な人が交わり生まれた存在のことを指します。

この世界では、エルフとは人種の一つであるそうです。妖精を起源に持つ人種である、などという説もあるそうですが、真偽は定かではありません。

ただ、そう言われても不思議ではない特徴があります。

それは、エルフは総じて大変美しい顔立ちをしているという点です。

多くの人種にとって、エルフは極めて美しく整っているように見える顔立ちをしています。その関係で、古来はエルフを観賞用の奴隷として売買するような時代もあったのだとか。

さすがに現代のこの世界ではありえないことです。が、それでもエルフの容姿、そして血は特別なものとして認識されています。

そんな中、無防備にハーフエルフの子どもを放置するとどうなるでしょう。

卑しい大人に目を付けられる場合もあるでしょう。最悪、人攫いなどに狙われる可能性もあります。

つまり、エルフの血を引くティオ君とティアナさんは、普通の子どもよりもずっと危険に見舞われやすいのです。

実際、二人はエルフの血を引いているお蔭か、儚げで大変美しい顔立ちをしています。

親であるマリアさんが心配をするのも頷けます。

「事情は理解できました」

私は頷き、そして決定を口にします。

「三人共、うちの従業員として雇いましょう。特に、ティオ君とティアナさんに関しては、護身用としてうちの店で開発した魔道具を貸し与えることをお約束します」

「っ！　ありがとうございます、乙木様！」

想像以上の待遇だったのでしょう。マリアさんは喜びと驚きに顔を染め、感謝の言葉を告げつつ頭を下げます。

優遇にはなりますが、こちらとしても悪い条件ではありません。マリアさんの元旦那さんはA級冒険者で、しかもエルフだったわけです。その人脈は相当なものだったと推測できます。

となると、マリアさんと親しくしておけば、私もその人脈にあやかることが可能となるわけです。

情けは人のためならず。まさに、こういう場面で使う言葉でしょう。

「本当に、心から感謝いたしますわ。乙木様のような心優しく、それも力強い殿方の庇護を得られるとなれば、私も安心して子どもたちを預けることが出来ます」

「はぁ。そうですか。って、力強いですか？」

どうにも、私の外見からはかけ離れた評価が出たため、つい反応してしまいます。

「ええ。これでも私、元々はA級冒険者の妻ですもの。強い殿方を見分ける目には、自信がありますの」

言いながら、マリアさんがすり寄ってきます。

妙に色気のある仕草な上、距離も近いです。つい、そういう目線で意識してしまいます。

「うふふ。乙木様のような殿方であれば、主人を亡くした私の寂しさを埋めてくれるのでしょうね」

「は、はぁ」

「これからも、よろしくお願いしますわ、乙木様。特に子どもたちとは、それこそ親子のように仲良くしていただけると嬉しく思います」

「こ、これはどうも」

返答に困ります。

なんのしがらみも無い身でしたら、この誘いに調子良く乗るのですが。さすがに子どもを育てるという責任まで負うことは出来ません。せめて今後予定している幾つかの事業が安定するまでは、マリアさんのアプローチには応えられません。

据え膳が目の前に迫ってくるのに、食うことができないとは。まさか、異世界に来てこんな贅沢な悩みを抱えることになるとは思ってもみませんでした。

「ティオ、ティアナ。二人はどうかしら？　乙木様とは仲良くやっていけそう？」

マリアさんが、直球で二人に質問します。

「うん。私は乙木のおじさま、好きだよ」

ティアナさんからは好印象を貰えているようです。

「僕もだよ。おじさまみたいな人が、僕のパパだったらとってもいいなって思うもん」

ティオ君にも好印象のようです。

というか、パパと言うのはやめてほしいですね。直球すぎますし、正直言って変な意味に聞こえてしまいます。

私はシュリ君のお蔭で性癖が広がりました。なので、ティオ君のような中性的な美少年ならぶっちゃけかなりアリです。変な意味でパパになるのもやぶさかではありません。

とまあ、邪な感情に流されている場合ではありません。

「これからも、従業員と雇い主として、仲良くしていきましょう皆さん」

私は、しっかり線引きしつつ話をまとめます。

「ええ。そして出来るなら、ただの従業員以上の交流を持ちたいと思っていますわ」

そしてマリアさんは、遠慮なくアプローチを重ねてきます。

これが、肉食系というやつでしょうか。

体験してみると、嬉しくもあり、恐ろしくもありますね。

従業員を増やしたことで、私の自由時間が増えると思っていました。

が、さほど増えることはありませんでした。

新しい従業員の皆さんに仕事を教えた後も、結局はマリアさんとの約束でティオ君とティアナさんの面倒を見なければならず、あまり店から離れられる機会が増えなかったのです。

とはいえ、マリアさん一家は誰か一人が出勤するだけの日でも、ほぼ必ず三人揃って店に顔を出します。用事がある時は普通に外出できるので、問題は無いといえば無いのですが。

ただ、マリアさんの勤務中にはティオ君とティアナさんの二人に囲まれる羽目になります。

そして二人から、あらゆる手段でパパになってほしいと暗にアプローチされるのです。

正直、精神的プレッシャーが半端じゃありません。

親子揃って肉食系というのは、なんとも恐ろしい話です。

従業員についてはひとまず解決したので、余裕のある時間を使って孤児院へと通いました。

最初の頃は子どもたちと親しくなるために遊びを交えつつの交流。一人ひとりに私の顔を覚えてもらい、警戒心が無くなる程度には仲良くなります。

そして、教育用に購入した書籍を孤児院に寄付します。子どもたちの将来のために活用してください、と言って渡せば、自然とイザベラさんが教育係を担ってくれます。子どもたちも、信頼するイザベラ先生の話であれば真剣に聞いてくれるので効果的です。

そうして孤児たちに英才教育を施しつつも、私は既に二人ほどの人材を引き抜こうと画策しています。

一人は裁縫の得意な少女、ローサさん。そしてもう一人は子どもたちのまとめ役であり、年長者でもあるジョアン君です。

二人に関しては、既に任せたい仕事や、特別に学んでほしいことがあります。なので、イザベラさんに話を通し、お願いしたいことがあるので二人と話をさせてほしい、と頼みました。

結果、私はローサさんとジョアン君の二人とじっくり話をする機会を貰いました。もちろん、イザベラさんという保護者も一緒に話を聞くことになっています。

ある日の午後、私は約束通り孤児院のとある一室でローサさん、ジョアン君と向かい合います。その傍らにはイザベラさん。

私のことを信頼してくれているとは思いますが、それでも子どもだけを相手に妙な話をされるのは困るでしょう。だからこうして場を見守る立場で同席しているのでしょう。

「さて。今回、ローサさんとジョアン君をお呼びしたのは他でもありません。お二人に、私の店に関わるお仕事をお願いしたいのです」

「仕事？」

ジョアン君が首を傾げます。

「おっちゃんのお願いなら別にいいけど、でも俺もローサも子どもだよ？　まだ仕事なんて早いよ」

その通り。ジョアン君でもこの世界の成人である十六歳まであと三年はあります。ローサさんは五年か、六年程度でしょうか。

しかし、問題ありません。別に、成人に任せるような仕事をお願いするわけではありませんから。

「もちろん、大人にお願いするような難しいお仕事を頼むわけじゃありません。お仕事というよりは、お手伝い。いえ、お勉強と言った方がいいかもしれません」

そう言ってから、私は順にお願いしたい仕事の内容について説明します。


「まず、ローサさん。貴女(あなた)は裁縫が得意ですね？」

「えっと、はい」

おとなしい子なので、ローサさんは小さな声で答えます。

「その技術を、もっと磨いてほしいのです。私が、ローサさんのために裁縫のことが分かる本や、いろいろな服をプレゼントします。これを使って、ローサさんにはいろんな服を作れるようになってほしいのです」

「え、えっと。はい」

私のお願いの意味は分かっていないのでしょうが、ローサさんは頷きます。恐らく、それほど難しいことではないと考えたのでしょう。

しかし、これは重要なことです。将来的に、ローサさんには服飾関係の仕事を取りまとめる幹部として働いてほしいと思っています。そうなると、早いうちから様々な服に関する知識に触れていた方が遥かに有利でしょう。

なので、私はローサさんに教材として本や服をプレゼントします。

もちろん、勉強するだけでは仕事という建前を満たせません。なので、建前としての仕事の内容についても説明します。

「そして、ローサさんは新しく学んだ知識を基に、いろんな服やズボン、とにかく布で作れる衣服類を作ってほしいのです。その全てを、私が買い取り、商品にします」

「あ、あの。今作ってる、ローブはどうしたら、いいんですか？」

ローサさんが、ローブ作りのお仕事の方を気にしたようです。それについても考えてあります。

「ローブを作っているのは、ローサさんだけじゃありませんよね？　ローブ作りは他の子に任せちゃってください」

「でも、それだと大変になります。みんな、裁縫はそんなに得意じゃないので」

「なら、ローサさんが上手な作り方を詳しく教えてあげてください。本や服を見て学んだ知識も、他の子に教えてあげてもいいですよ。それに、ローブを作るのはノルマではありません。作りたいように、楽なペースで仕上げてくれたら良いのです」

「わ、分かりました。乙木のおじちゃんの言う通りにしてみます！」

覚悟を決めたように、拳をぐっと握ってローサさんが返事をします。同時に、私はイザベラさんの方へ視線を向けます。

どうやらこのやり取りには問題が無かったらしく、ニコニコと笑顔を浮かべたままです。

さて。次はジョアン君と交渉しましょう。

「では次に、ジョアン君。君には、商品の配送を手伝ってほしいのです」

「えっと、どういうこと？」

「私の店では、今後多種多様なものを販売する予定です。そのために、あちこちから商品となるものを取り寄せます。この時、たくさんの店に顔を出して仕入れをしなければなりません。が、とても手間がかかります。なので、この部分の仕事を手伝ってもらいたいのです」

「えーっと、おつかいをしてほしいってこと？」

「そうです。そんな感じです」

「じゃあ、任せてよ！」

ジョアン君はトン、と胸を叩いて引き受けてくれます。

「ちょっと待ってください」

ですが、ここでイザベラさんが口を挟みます。

「その仕事は、子どもだけに任せるのは危険ではありませんか？　時刻にかかわらず、子どもだけにお金を持たせて街を歩かせるのは同意できません」

尤（もっと）もな意見です。イザベラさんが心配するのも当然でしょう。

が、当然その点については考えがあります。

「大丈夫ですよ。お金を持たせる予定はありません」

「へ？」

「お金は、私が先にお店の方へ払っておきます。ジョアン君には、お店を回って品物だけを集めてもらいたいのです」

これは当然、ジョアン君の身を守る意味もありますが、一括で契約することで仕入れ値を安くしたり、金銭を末端で扱うことで損益が不透明になることを防いだりする意味もあります。

「で、ですがそれでも、子どもの一人歩きは危険です！」

「同意します。ですので、ジョアン君には身を守るための魔道具をお渡ししようと思います」

私はそう言って、幾つかの魔道具をアイテム収納袋から取り出します。


「まずは、このローブです。皆さんに作ってもらったローブですが、実は私の店では付与魔法を施して魔道具として売っているのです」

「そうだったのですか？」

イザベラさんは興味深そうにローブを眺めます。何も変わった所が無いのを確認すると、再び口を開きます。

「このローブは、どのような魔道具なのですか？」

「単純に、鎧よりもずっと頑丈なだけです。剣を突き立てても破れませんよ」

「まあ、そんな素晴らしい魔道具をお作りに？　ダンジョンから発掘される魔道具並みの性能ではありませんか！」

私の説明に驚き、イザベラさんは再びローブを観察しだします。

が、まだ他にも魔道具は用意してあります。

「そして次にこの飴です」

私は一つの袋の口を開き、中から球状の飴を取り出します。

「これは防犯キャンディーと名付けたお菓子の魔道具です」

「お、お菓子を魔道具に？」

「はい。舐めている分には普通の飴です。しかし噛むと」

言って、私は飴を口に放り込み、噛みつきます。

すると飴は砕けることなく、女性の悲鳴のような甲高い音を力強く発生させます。

皆さんが突然の騒音に耳を塞ぎます。さすがに鳴らし続けるのは酷でしょう。私は飴玉を噛むのをやめます。

「このように、大きな音を鳴らします。仕事中、これを舐めていればいざという時に大きな音で相手を怯ませることが出来ますし、周囲の人間に何かが起こったのだと気付いてもらえます」

「な、なるほど」

イザベラさんは飴の入った袋を、苦々しい表情で見つめます。どうやら相当不快な音だったようです。

ちなみに付与したスキルは『衝撃吸収』と『悲鳴』です。

衝撃吸収はローブにも付与してあるスキルです。悲鳴は、とある鉱物の性質がスキル化したものです。圧力をかけると、悲鳴のような音が鳴るだけのスキルです。

この圧力を飴に耐えてもらうため、衝撃吸収のスキルを付与しています。ちゃんと舐めると溶けるので、食べ物としての機能も失ってはいません。

ちなみに、悲鳴スキルは私の不眠症や速読等のスキルと似たような存在だったりします。そもそも、この世界には特殊な性質がスキル化する、という現象はごく稀に確認されていることでもあります。

悲鳴のスキルに関しては自然にスキル化したわけではなさそうですが。恐らく、女神様がスキルを生み出す練習として作ったタイプの廃棄スキルでしょう。

でなければ、鉱物としてありふれて存在するはずの性質がスキル化するのは不自然ですからね。

さて、私が今日持ってきた防犯魔道具はもう一つあります。

「最後に、こちらの魔石です」

私は、一つの魔石を取り出します。

「これは防護魔石と名付けました。身体の表面に身を守る結界を張る魔法を、魔石に付与してあります。いざという時、手に握って魔力を流してください。すると、魔石に蓄えられた魔力を消費して結界魔法が発動します。魔力が空になっても、日光に当てていれば魔力が自然回復しますので、危ないと思った時は遠慮なく使ってもらって大丈夫ですよ」

私の言葉に、イザベラさんは目をぱちくりと見開いて驚きます。

「ま、魔法を付与した魔道具ですか。高価だったのではありませんか？」

「大丈夫です。自作ですので、大したお金は掛かっていませんよ。まあ、商品として売る時はそれなりの金額を設定するつもりですが」

そう言いながら、私はジョアン君に防護魔石を握らせます。

「ではジョアン君。試しに防護魔石を使ってみてください」

「は、はい！」

ジョアン君は私に言われた通り、魔石を握って魔力を込めます。すると、ジョアン君の身体を青白い光が包みます。この光こそが結界魔法です。普通の魔道具なら魔石の魔力を移さなければ再使用は出来ませんが、この魔道具は蓄光も付与してあるので、単独で繰り返し使うことが出来ます。

ちなみに。付与魔法は、一般的には属性とスキルしか付与できないということになっています。ですが、属性とは魔法陣無しで魔法が使えるスキルのようなもの。そこから考えると、普通の魔法も付与することは可能なように思えます。

実際、理屈としては可能です。しかし、その難易度は属性を付与するよりも遥かに高く、現実として魔法を付与することの可能な人間はごく一部の天才だけです。なので、一般には付与できないものとして扱われています。

しかし今回、この防護魔石には支援魔法の一種である結界魔法が付与されています。私が描いた魔法陣をシュリ君に確認してもらい、半分を修正、もう半分を完全に書き直してもらうことで完成した一品です。

要するに、ほぼシュリ君の力で完成したと言ってもいい魔道具です。

ちなみに、魔法陣にも著作権のようなものがあり、独自性の高い魔法陣は勝手に真似(まね)すると犯罪になってしまいます。が、今回の場合は私が元の魔法陣を作ったので、問題の無い形で使用することが出来ます。著作権で言うなら、シュリ君との共著というわけです。

一応、私が書いた部分も二割ぐらいは残っているので、共著という建前はなんとか満たしています。

「すごいよおっちゃん！　これ、魔法なんだよね？」

「はい、そうですよ」

「俺、はじめて魔法使ったよ！」

ジョアン君は防護魔石の魔法が気に入ったのか、満面の笑みを浮かべてそう言います。これから毎日のように使うのですから、気に入っていただけて何よりです。

　さて、肝心のイザベラさんの反応はどうでしょうか。

「どうでしょう、イザベラさん。これだけの魔道具があれば、子どもだけでも安全に仕事が出来ると思いませんか？」

「そうですね。これだけの魔道具を持たせていただけるのでしたら、問題は無いかと思います」

　どうやら納得いただけたようです。これでイザベラさんにも認めてもらった上で、ジョアン君を教育できます。

　プランとしては、まずは配送の仕事自体に慣れてもらいます。そして、仕事が増えてきたところで護身用の魔道具を増やし、ジョアン君以外の子どもたちにも手伝ってもらいます。その時には、ジョアン君に指導役となってもらう予定です。

　そうしてシンプルな仕事からまとめ役としてのノウハウを積んでもらい、将来的にはたくさんの人を動かせる現場指揮者になってもらうのです。

　少し気の長い話ですが、仕事の規模が大きくなるのも時間がかかります。じっくりと取り掛かっていきましょう。


　ジョアン君に配送の仕事を頼んだこともあり、新たな魔道具、つまり商品の開発は一層捗ることとなりました。

　護身用に作った魔道具は既に商品として完成しているので、そのまま店頭に並べるつもりです。

護身用のローブに関しては、既に宣伝効果のお蔭で買う人が現れています。ボロ布のローブで作った分に関しては、全て試作品だから、ということで複数の冒険者さんにタダで手渡しました。感想が知りたい、という建前を利用した口コミ狙いの試供品です。

その甲斐もあって、今はローブが品薄の状態が続いています。

元々、品物の数は多くありません。しかし、一つ一つをかなり高額に設定してあります。C級以上の裕福な冒険者でないと手が出ない価格設定です。

それでも、買う人は続出します。強固な鎧より頑丈。身を守りつつ、ローブとしての役割もちゃんと果たす。量産品としては破格の性能です。

ダンジョンや遺跡から産出する魔道具の中には、このローブさえ凌ぐ性能の鎧があったりします。が、一般の冒険者が手に入れられるようなものではありません。国宝になったり、A級以上の冒険者の手に渡ったりします。

しかしこのローブは量産品。国宝になる心配や、格上の冒険者にかすめ取られるリスクはありません。お金のある冒険者さんは、こぞってこのローブを買おうとします。

若い冒険者さんの中にも、将来的にダンジョンや遺跡産の魔道具ではなく、このローブを入手することを目標としている者も現れ始めています。

防犯キャンディーについては、ついでに置いてあるだけなのであまり売れ行きは良くありません。特に宣伝もしていませんから。

ですが、時折冒険者さんではなく一般のお客さんが買いに来ることがあります。孤児院だけではなく、マリアさんにも支給している商品なので、奥様方の間で少し話題になっているようです。

むしろ、どちらかと言えば奥様方からの要望をマリアさんの伝手で聞き及んだからこそ、商品として置いているところもあります。

比較的暇な時間帯、ピークを過ぎたぐらいの時間に子を持つ親が来店することが増えました。お蔭で客層に広がりが出ました。

予期せぬ影響ですが、良い兆候です。売れる商品の幅が広がり、利益も増えるでしょうからね。

そして防護魔石ですが、これは冒険者さんと一般の方のどちらにも売れています。ただ、うちの店ではローブに次ぐ高級商品なので、数はそれほど売れていません。

裕福な家庭が子どものために買う場合や、C級程度の冒険者さんがいざという時の保険に買うことが多いです。

シュリ君が本気を出したら、こういった魔法を付与した道具をいくらでも作れるのでしょう。宮廷魔術師とは恐ろしいものです。

まあ、そういった力を王家が独占するための肩書きが宮廷魔術師ですからね。

この魔道具に関しては、私が抜け穴のようなやり方でシュリ君の能力を活用させてもらっているだけです。実際には、こんな優れた魔道具が世間に出回ることはないでしょう。

さて、防犯用に開発した魔道具の他にも、幾つか新商品が既に店に並んでいます。

一つは、冒険者さん向けの携行食料です。

食料自体は、他の店でも売っているものです。が、うちの店では治癒魔法の一種である浄化の魔法を使い、殺菌処理を施しているので普通の携行食料よりも長持ちします。

また、付与魔法で『甘露』というスキルを付与しているので、美味しく食べることが出来ます。

スキル『甘露』とは甘い蜜を出して獲物を捕まえる魔物が持つスキルで、僅かな魔力と引き換えに甘みを感じる汁を出す効果があります。

このお蔭で、食べる人の身体から自然に発せられている魔力で僅かな汁を分泌させ、甘みを加えます。

実はこの商品。私が冒険者としてまともに活動していた頃、試しにと作ったものを商品にしたのです。

程よい甘みと練って作った栄養食のコラボ。お蔭で携行食料というよりきなこ棒のような味わいになり、癖になる美味しさがありました。

商品名は『甘露餅』に決めました。

携行食料の他にも、サンドイッチやホットドッグに似た屋台料理も商品として提供しています。

こうした食べ物は、冒険者さんに朝食や昼食としてよく利用していただけています。というのも、時には一日中冒険者としての活動に勤しむこともあるため、ゆっくりと食事が出来ないからです。

私もよく、サンドイッチを片手に薬草を集めていました。

ただ、屋台の多くは早朝から営業はしていません。一方で、冒険者さんは時には朝早くから仕事に出ることもあります。

そのため、忙しい朝は仕方なく朝食を抜く冒険者さんもいました。

そこで私の店で、早朝から屋台で出されているような食品も取り扱うことにしました。

日も昇らぬ時間に深夜勤務の担当が調理し、店頭に並べます。そうすることで、早朝から冒険者さんに食料を提供することが出来るわけです。

労力の割に利益は薄いですが、お蔭で多くの冒険者さんが定期的にこの店へ顔を出す理由が出来ました。

また、他の店には無い便利さを経験した冒険者さんが、私の店を特別に便利な店として認識してくれるようにもなりました。

要するに、私の店の評判を高めるための一手というわけです。

現状は、深夜勤務は寝ずの労働が可能な私だけでこなしています。なので仕事自体も苦ではありません。

ラインナップはサンドイッチと数種類の揚げ物。仕入れも加工も簡単なため、この二つを選びました。朝早くにパンを切って食材を挟む。あるいは鶏肉や芋を揚げる。それだけの簡単な作業です。将来的には深夜を誰かに任せることになっても問題無いでしょう。

そして、こうした食品と同時に、食品を保存するための容器も販売することにしました。革袋タイプと木箱タイプの二種類です。

どちらも付与したスキルは同じ。それは『恒温』と『保湿』と『清浄化』の三つです。

恒温スキルは雪原に生息する一部の魔物が持つスキル。温度を一定に保ちます。これのお蔭で、温かいものは温かく、冷たいものは冷たいままで保管できます。

元は体温を保持するスキルです。温度保持の効果が魔法瓶のような性能を発揮するわけです。

保湿スキルは砂漠の魔物が持つスキル。皮膚の水分が失われるのを防ぐスキルです。これを袋や木箱に付与すると、内側の湿気が外に逃げにくくなります。

お蔭で、保管している食品がパサパサになるのを防げます。

そして最後に清浄化のスキル。これは聖なる泉や森などに生息する精霊の持つスキルで、周辺環境を清浄に保ちます。水や空気を清らかにするので、内部の食品の腐敗をかなり遅らせることが出来ます。

これらのスキルを付与したお蔭で、食品保存の可能な時間が、従来よりも百倍近く延びました。これは、同じサンドイッチを食品保存箱とそうでない箱に入れ、経過を見ることで確認してあります。

最初は宣伝もしていないためにあまり売れませんでした。が、じわじわと実用的であることが口コミで広がっています。

最近は袋の方を冒険者さんが買っていきます。それに、一般のお客さんも箱の方を買いに来ます。うちの店には主婦の方がよく来店するので、ちょうどニーズにもマッチしています。いずれ、この商品も流行するのではないかと踏んでいます。

お値段は、お求めやすくしています。家庭でも使われるような一般の魔道具と同等の価格です。こうした生活実用品を高額すぎる設定にするのはあまり良くありませんからね。

また、競合する商品も存在しません。

もしかしたら、蓄光魔石よりも人気の商品となるかもしれませんね。

食品保存の袋と箱を作ったことで、いよいよ私は店内にある設備を導入することを決定しました。

それは冷蔵庫。そして、ウォーマーです。

食料品を取り扱うことにより、食べ物を目的に来店するお客さんが増えました。

となると、飲み物も欲しくなるのが人の常。

そこでもしも、この店でキンキンに冷えたジュースやお酒、温かいコーヒー等を販売したらどうなるでしょう？

きっと、大勢の人にありがたく思ってもらえるに違いありません。現代日本のコンビニ同様に、食品と併せて飲み物を買っていくお客さんが増えるでしょう。

しかし、実際に販売する上で問題があります。

それは、ドリンクをどのような容器に入れて販売するか、という問題です。この世界にはペットボトルなど存在しません。ガラス瓶や陶器の瓶はあります。が、私個人が量産するには少し高価すぎます。

ドリンク販売の利益、旨味（うまみ）が薄くなってしまいます。

しかし、この点は後々解決する予定です。

まずは瓶入りのお酒を販売して様子を見ましょう。お酒なら瓶を使っても、単価が高いので十分な利益を得られるはずです。

なので、まずは冷蔵庫から作ってしまいましょう。ウォーマーに関しては、後々作るつもりです。

「というわけで、作業を手伝ってほしいのですが」

私は冷蔵庫導入の説明を、今日は非番であるはずの有咲さんにしました。本来なら休日のはずですが、人手が足りません。また、冷蔵庫という存在を詳しく説明する必要が無いのは有咲さんだけです。手伝いをお願いする上で、一番楽な相手です。

「まあいいよ。っていうか、休日っつっても暇だし。おっさんに言われた通り、数学の問題解く以外やること無いしな」

有咲さんはそう言って、快く引き受けてくれました。

ちなみに、数学の問題とは私が課した宿題のようなものです。有咲さんのスキル、カルキュレイターを成長させるための手段として導入しました。自分のスキルが強くなると知ったからか、有咲さんは意欲的に取り組んでくれています。

まあ、この話は今は関係ありませんね。まずは冷蔵庫です。

冷蔵庫を作るに当たって、まず必要なのはスペースです。

コンビニで使われているような大きな冷蔵設備は、後ろから商品を補充するような仕組みになっています。また、在庫も保管できるよう空間に余裕を持たせているため、正面からの見た目以上のスペースを取ります。

そこで、今回は店舗の片隅を板で仕切り、工事中の札を掲げることにしました。その内側のほぼ全てを、冷蔵庫として利用する予定です。

ちなみに店舗はそれなりの広さがあるため、通常の商品を置くスペースにはまだ余裕があります。そもそも、商品がまだ少ないので全然余裕です。商品棚すら無く、机の上に籠を置いて、その中に商品を入れて分別してある状態です。

将来的には商品の種類は今より遥かに増えるでしょう。そうなれば、コンビニのように商品棚へ効率的かつ機能的に陳列(ちんれつ)する予定です。

ともかく、スペースについては問題ありません。空間を確保し、その内側で細かい作業をします。

「有咲さんには、これを取り付ける作業を行ってもらいます」

言って、私は無数の鉄板を指さします。

「これは？」

「はい。冷却板です。シュリ君の伝手で属性付与の技術を持つ鍛冶屋に依頼して作りました。弱い氷属性を付与してあるので、魔力を流すと周囲が冷えます」

ちなみに、この冷却板だけで我が店が今まで挙げてきた利益の三分の二が吹き飛びました。

「取り付けるったって、どうやってやるんだよ」

「はい、これを使ってください」

私は、瓶に入った透明な液体と、その液体を板に塗るための刷毛（はけ）を取り出します。

「なあ、おっさん」

「なんでしょう」

「嫌な予感がするんだけど、この液体ってなんなんだ？」

「粘着液です。塗って乾くと、かなり頑丈に取り付けが可能です」

「やっぱテメーの唾液（だえき）じゃねーか！」

有咲さんがキレました。まあ、予想はしていましたが。一応この粘着液はスキルで出したものなので唾液ではありません。が、私の口から出た以上は有咲さんにとって同じことなのでしょう。

「安心してください。手で触らなくてもいいように、刷毛を用意しましたから」

「そういう問題じゃねえから。ぶっ殺すぞ」

「さすがに殺されるのは少々困るので遠慮願えませんか？」

「やだよ。絶対殺す」

かなり強い殺意を抱かれたようですね。

その後、しばらく有咲さんを説得して、渋々ながらも粘着液の使用を承諾してくれました。セクハラだなんだと文句を言われましたが、仕方ありません。この粘着液が無料かつ極めて優秀なので、どれだけ嫌われても使わざるを得ません。将来的には、量産することさえ考えているほどです。もしも粘着液を量産したあかつきには、有咲さんには相当嫌われることになるでしょうね。


有咲さんに冷却板の取り付けをお願いした後、私は店の屋根に上りました。これは、冷却板の動力源となるものを取り付けるためです。

私は、事前に加工を済ませたとある板をアイテム収納袋から取り出します。

片面に、魔石の粉末が塗布(とふ)された金属板です。

魔石の粉は、蓄光魔石を粉末にしたものです。粉末にしても蓄光スキルは有効です。

蓄光は光に当たる面積が重要なので、体積が大きくても無駄になるばかりです。そこで魔石を有効活用するため、粉末にして金属板の表面に接着しました。

接着に使ったのはもちろん粘着液のスキルです。塗布した粘着液の上に蓄光魔石の粉末を吹きかけました。

そしてこの基盤として使う金属板。これは導魔鋼(どうまこう)と呼ばれる合金です。冒険者ギルドが、魔石の魔力を移動させるために使っている金属でもあります。本来なら入手は難しいのですが、私の専属受付嬢であるシャーリーさんの計らいで入手することが出来ました。

ちなみにちゃんとお金と引き換えです。店の利益の三分の一近い額が吹き飛びました。つまり、冷却板制作の分と合わせて、これまでの利益のほぼ全てが吹き飛んだことになります。

導魔鋼の性質は単純。至近距離にある魔力の高い場所から魔力を吸い上げ、魔力の少ない方向へと流し込み、平均化させる性質があります。

空気中にも魔力を流し込んでしまうので、魔力を流したくない部位には絶縁体のような性質のある塗料を塗ります。そうすることで、狙った場所へと魔力を流し込むことが可能になります。

つまり、魔力を電力のように扱える金属なのです。

さらに、魔力を流し込む先には魔石と複数の鉱石を混合して作った特殊なフィルターを用います。

このフィルターは、魔力を一方通行させる性質を持っています。なので、導魔鋼から流れてきた魔力をそのまま魔石に流し込んでしまいます。フィルター自体は魔力をほぼ持たない状態ですので、導魔鋼の性質により、魔力がずっと流れ込み続けます。

これのお蔭で導魔鋼は魔石が空になるまで魔力を吸い出すことが可能になるそうです。

ちなみに導魔鋼とこのフィルターのセット。魔力の濃いダンジョンなどを利用し、無限に魔力を集める施設を造れないか、と研究されたことがあるそうです。

しかし、そう上手(うま)くはいかないのが現実でした。フィルターは魔力の濃い場所では、それ以上に濃い魔力でないと通過させることが出来ないのです。

そのため、ダンジョン内では魔石から魔力を取ることすらできなくなるという、真逆の結果となったそうです。

無限のエネルギーへの渇望(かつぼう)は、どの世界にも存在するものなのでしょう。導魔鋼に限らず、あらゆる手段がかつて試されたそうですが、上手くいったことはありません。

それを考えると、蓄光魔石は正に革命的な存在ですね。

さて、導魔鋼の歴史はともかく。今回は導魔鋼に蓄光魔石の粉末を塗ったため、太陽光から作られた魔力が無尽蔵(むじんぞう)のエネルギーとなります。これを、店の屋根全体に取り付けます。

なお、雨風を凌ぐため、蓄光粉末の表面にはもう一度粘着液を塗ってあります。無色透明のコーティングなので、蓄光スキルへの影響はほぼありません。

そうして天井に導魔鋼の板を設置している姿は、多くの人の目に留まりました。洞窟ドワーフが屋根の上で変なことをしている、と噂になりました。

こうなると、冷蔵庫が完成した時の話題性も抜群でしょう。あの変な作業はこのためだったのか！　というような驚きとなり、話をより広めてくれるに違いありません。

全ての導魔鋼の板を設置したら、今度は導魔鋼の針金を繋げ、店の裏手に作る予定の魔力蓄積装置へと延ばします。その後、絶縁塗料を表面に塗り、さらに上から粘着液でコーティングして完成です。

こうして、蓄光システムは完成しました。次は、貯めた魔力を任意の量だけ各所へ分配する設備を作らねばなりません。

冷蔵庫を動かすだけなら単純です。しかし、将来的には他のことにも魔力を使いたいと考えています。ですので、今の段階で汎用(はんよう)性の高い設計をした方が後々で楽になります。

幸いにも、私は大学時代は工学系の学部に通っていました。また、導魔鋼で扱う魔力は、電流を扱うのに酷似しています。お蔭で、システム部分を作るのは簡単でした。

大雑把に説明すると、魔力絶縁体と導魔鋼をスライドさせることで、魔力の供給をスイッチ式にしました。流れる魔力量は、魔力抵抗性のある物質を間に挟むことで調整。そうした回路を複数作り、複数箇所で魔力を利用できるようにします。

言うなれば、コンセントとブレーカーを作ったような感じです。

こうして魔力供給システムは完成しました。後は配線を延ばし、冷蔵庫に繋げるだけです。

導魔鋼の板の設置、そして魔力蓄積と供給設備の建築で合わせて二日の時間が経ちました。十分な時間もあったお蔭で、既に冷却板は有咲さんの手で設置済みです。

後は、恒温と保湿のスキルを壁面に付与。仕切りを設置し、店内側はガラス戸を使うことで商品を取り出せるようにします。当然、ガラス戸と仕切りにもスキル付与を施します。ガラス戸は簡単には壊れないように、形状記憶と衝撃吸収も付与しておきました。

そして配線を延ばし、冷蔵庫内に繋げます。冷却板の効果をダイヤル式の仕組みで調整できるように操作盤を作り、完成です。

ガラス戸や仕切りの設置で一日。操作盤作りでさらに一日。通算四日の作業となりました。

後は商品棚と品物を中に運び込むことで、実際に販売も開始できるでしょう。

「すっげぇ！　めっちゃ寒い！」

ちょうど配送で店を訪れていたジョアン君に冷蔵庫内に入ってもらいました。室内温度はおよそ二度ほどに設定しています。

冷却板は霜がつきやすいので定期的に掃除をしなければなりませんが、十分に冷蔵庫として機能しています。外に冷気も漏れ出ていません。

十分に実用可能なものが仕上がりました。満足のいく結果です。

「異世界まで来て、冷蔵庫なんか作るとか想像もしてなかったな」

有咲さんが、感慨深そうに言います。しっかり冷却された空間は、冷蔵庫というよりは冷房の効いた個室といった印象です。商品棚もまだ設置していないのでなおさらでしょう。

その後、販売開始した各種お酒は人気商品となりました。冷却された方が美味しいお酒を、冒険者さんがこぞって求めたからです。

一日のご褒美（ほうび）として冷えたお酒を買い、仲間と杯を交わす。そんな習慣が、王都の冒険者の間で徐々に出来ていくこととなりました。

同種の常温のお酒よりもずっと高い値段をつけているのに、毎日のように売れていきます。冷えたお酒というのは、それほどまでに魅力的なのでしょうね。


冷蔵庫を設置したことで売上がさらに伸び、雇い入れる従業員も増やしました。

お店は順調に利益を挙げ続け、かつ冒険者さん以外の間でも話題になり始めました。

冷えたお酒は、冒険者以外の人々も魅了したわけです。一般の労働者もまた、仕事の後はお酒を飲みたがります。

お蔭でお店は大繁盛。そう遠くないうちに、冷蔵庫のために支払った金額以上を取り返してくれることでしょう。

そんなある日のことです。日中の、ピークを過ぎて比較的店内が暇な時間帯。そこへ、思わぬ来客がありました。

「うわ、マジで冷蔵した酒が売ってる！　コンビニみてーだな！」

店内に入り、冷蔵庫を確認するなりそんな声を上げる少年が一人。そして、付き添いらしい少年が二人と少女が一人。

「ちょっと東堂くん。あんまり騒ぐと、他のお客さんに迷惑だよ」

少女が窘め、他二人の少年も頷いて同意します。

「でもさ、興奮するだろ？　異世界に来てまで、日本っていうか現代っていうか、そんな感じのモノがあるとかさ。なんていうか、癒やされる？　みたいな？」

「だからって騒いでいいわけじゃないぞ、陽太」

「全くだ。僕が同類だと思われると恥ずかしいから、少し距離を取らせてもらうよ」

「ちょっ、勇樹てめぇ！」

楽しそうに会話をする少年たち。その傍らで微笑む少女。

私はこの四人のことを知っています。ちゃんと覚えています。

この世界に召喚された、六ツ賀谷高校の生徒たち。その中でも勇者称号と呼ばれる特別なスキルを手にした、四人の勇者。

騒いでいたのが『剣聖』の東堂陽太君。それを窘めた少女が『聖女』の三森沙織さん。同様に窘めた少年が『勇者』の金浜蛍一君。そして東堂君を批判した少年が『賢者』の松里家勇樹君です。

いずれ勇者の誰かが私の店の噂を聞けば、興味本位で来店することがあるだろう、と考えていま

した。

　が、想像よりかなり早いです。しかも、勇者称号の四人が来ました。召喚された子たちの中心人物です。

　好都合すぎる誤算です。四人と対話する準備が何も出来ていないのが良くありませんが。まあ、その辺りは今日のところは親交を深めるだけにしましょう。より深く勇者の皆さんと関わるのは、また後日ということで。

「いらっしゃいませ、勇者の皆さん」

　私は早速、四人に話しかけます。

「あれ？　どうして俺たちが勇者だって分かったんですか？」

「っていうか、このおっさん見たことあるぞ。王宮から追放されたおっさんじゃん！」

　金浜君、そして東堂君が反応します。どうやら、私が追放された人間であることをご存じのようです。説明をする手間が省けて助かります。

「ご存じでしたか。確かに私は、幸いにも王宮から追放された召喚者。名を、乙木雄一と申します」

「ふふっ。幸い、ですか」

　私の言葉に、松里家君が反応しました。

「羨(うらや)ましい限りです。僕も戦争に加担し、いいように利用される身分を捨てられるなら、追放なりなんなりしてほしいぐらいですよ」

「おい勇樹。そういう言い方は無いだろ？」

今度は松里家君の言葉に金浜君が反応します。

「言い方も何もないだろう。僕は以前から、国に利用されているだけだと説明してきたはずだぞ」

「だったら俺だって散々説明しただろ？　この国の人だって困ってるから勇者召喚なんてことをしたんだ。人助けだと思って、そこは受け入れてくれよ」

「ふん。本当に人助けならいいけどな」

「疑いすぎだって、勇樹は」

二人は急に言い合いを始めます。が、お蔭でそれぞれの考えと立場が理解できました。

やはり、私の見立て通りのようです。金浜君は善意からこの国に協力するつもり。そして松里家君は、自分たちが戦争の道具として利用されることを理解し、可能なら拒否したいと思っている。

深く関わるべき相手が決まりました。

今後は、松里家君との関係を重要視していきましょう。


「あまり暗い話をするのは控えましょう。せっかく同郷の人間が再会できたのですから。それよりもどうでしょう？　当店自慢の、付与魔法を施したローブなんかは」

私は話題を切り替えるためにも、商品の宣伝という形で会話に割り込みます。

「このローブは形状記憶、衝撃吸収のスキルを付与してあります。ですので、生半可な鎧より遥かに丈夫にできています。いかがでしょう？　特に松里家君や三森さんのような後衛、身の守りと身軽さを両立したい方にはおすすめですよ」

「そうなんですか？」

三森さんが不思議そうに言いながら、店に陳列してあるローブを物色します。が、どれも冒険者向けの実用品。見た目があまりお気に召さなかったのか、すぐに離れます。

松里家君は興味を持ったようです。が、すぐにはローブを物色しません。何度か視線を送るだけで済ませたようです。

「俺と蛍一は、国から貰った鎧があるから要らねぇかな。羽根みたいに軽くて、魔法を反射してくれるんだぜ！」

東堂君が言って、自分と金浜君が今も身に着けている鎧を指さします。魔法の反射までは私の技術では不可能なので、確かに鎧の方が装備としては上位互換でしょう。冒険者のように機能性を求めなければ、ローブなど使う理由もありませんし。

一方で、魔法を扱うならローブを着ることが多いです。多様な魔法を補助する魔道具を同時に持ち運ぶ必要があります。なので、ポケット等の機能性が高い羽織りものを羽織ることは多いのです。

しかもこのローブは防御性能も両立しています。

「僕や三森さんが国から支給されたローブは、魔法の効果を補助、強化するものですね。なので、乙木さんの作ったローブを上から羽織るのは有効そうです」

「上から？　下じゃあダメ？」

三森さんが不満そうに訊き返します。

「当たり前だろう。頑丈なローブで魔法補助のローブを守ってこそ意味がある。下に着ても、守れるのは自分の身だけだ。魔法補助のローブが破壊されたら、攻撃力が落ちる」

「そっか。なるほどね。見た目が可愛くなかったから、ちょっと遠慮しようかなって思ってた」

松里家君の正論に、三森さんも納得した様子。

「でも、松里家くんが言うなら、買っといた方がいいかも」

「ああ。是非とも買ってくれ」

「じゃあ、乙木さん。このローブを、二枚貰えますか？」

言って、三森さんがお金を取り出します。どうやら、四人の金銭管理を三森さんが代表して行っているようです。冒険者で言うところの、パーティーを組んでいるような状態なのでしょう。

「ありがとうございます」

早速商品の購入という形で、勇者称号の四人との関わりが持てました。特に、松里家君に好印象である様子なのは幸先が良いです。

「他になんか、面白いものって無いのか？」

買いたいものが見当たらずに退屈なのか、東堂君が不満げに言いました。

「そうですね。勇者の皆さんは王宮から様々な装備を支給されているでしょうから。私の魔道具店で取り扱う商品では、ご満足いただけないかもしれません」

「そっか。まあ、しゃあねえよな。俺ら国宝とかフツーに使わせてもらったりしてんだもん。おっさんの店が敵うわけねえよ」

「ですが、物によってはお気に召していただけるかもしれませんよ」

そう言って、私は携行食料の『甘露餅』を詰めた袋を一つ手にします。

「こちらは、一般的な冒険者向けの携行食料を美味しく改良したものです。実は、ちょうど日本でいうきなこ棒のような味わいの商品になっておりまして」

「きなこ棒？　私、実はそういう駄菓子ってけっこう好きなんです！」

私の話に食いついてきたのは、まさかの三森さんでした。懐かしさをウリにこの商品を売ろうと思っていたのですが。ちょうど個人の嗜好にぴったり合致したようです。

「どうでしょう。お一つ、食べてみますか？」

言って、私は袋の口を開いて中身を見せます。これで、この商品はもう売り物になりません。後でちゃんと、私個人の財布から支払いをしなければ。

ともかく、甘露餅の見た目はまるで丸薬です。元々が単なる量産品の携行食料ですから、見た目までは私が拘ることの出来ない部分です。

「じゃあ、一つだけ！」

三森さんはすぐさま甘露餅に手を伸ばします。そして口に含み、咀嚼。

「ほんと！　これ、きなこ棒みたいですね！」

驚きを顔に浮かべつつも、味に満足しているのか頬が緩んでいます。

その反応を見て、他の三人も甘露餅に興味を示しました。各人に一つずつ、甘露餅を渡します。

「これ、懐かしい味ですね。子どもの頃、俺も食べたことありますよ」

「マジで日本って感じだな。異世界で日本を感じるってのも変だけどさ。ちょっと嬉しいわ。おっさん、ありがとな！」

「ふむ。機能的かつ美味しいというのはいいですね。戦争に駆り出される時には、こういったものを自分で用意した方がいいのかもしれません」

三人それぞれに、好意的な反応を貰えました。

が、結局この甘露餅を購入してくれたのは三森さんだけでした。

「これからも、この駄菓子を買いに来ると思います。よろしくお願いします、乙木さん」

満足げに、三森さんは笑顔を浮かべます。何はともあれ、気に入っていただけたようで何よりです。


勇者称号の四人が来店してから、話が広まったのか。他の召喚された六ツ賀谷高校の生徒たちも、稀に私の店へ訪れるようになりました。

が、定期的に来店する人はほとんど居ません。多くの人が一度だけ、興味本位で見に来ただけの様子でした。

しかし、それでも問題ありません。重要な人間関係は築き上げることが出来ましたから。

実は勇者称号の四人のうち、二人が常連客となりました。

一人は宣言していた通り、聖女の三森さん。そしてもう一人は、なんと私の狙い通り賢者の松里家君です。

松里家君は定期的に店へと来店し、特に何を買うわけでもなく私を訪ねてきます。

どうやら、王宮を信用していない、という点で私と意見が合ったのが嬉しかったらしいのです。

戦争から距離を置くにはどうすればいいか、クラスメイトが乗り気になっていて困る、などといった話題で雑談をするために来店します。

当然、雑談は他のお客さんの邪魔になってしまいます。それを理解している松里家君は、来客がほぼ皆無となる深夜の時間帯に来てくれます。

こちらとしても松里家君とは交流を持ちたいので、喜ばしいことです。深夜であればしっかりと対応できますし、私にとっても好都合。

そうして、松里家君とはある程度の親交を深めることが出来ました。

なのでいよいよ、目的通り松里家君にとあるお願いをすることにします。

「情報が欲しい、とはどういうことですか？」

松里家君が、私の提案を聞いて首を傾げます。今日はまだ日付も変わっていない時間なので、私と松里家君の他に、有咲さんもこの場に同席しています。

せっかくなので、詳しく説明してしまいましょう。

「六ツ賀谷高校の皆さんの状況が知りたいのです。王宮からどのような扱いを受けているのか。不満は無いか。あるいは、妙な動きをしていないか。そして反対に、王宮の様子についても聞きたいと思っています。王宮側の人間にも知り合いが居るので、一応は様子を知ることも可能なのですが。立場の違う、しかも冷静でよく物事を考える能力のある人にもお願いしたいのです」

シュリ君やマルクリーヌさんが時折来店してくれるので、その時に会話をして、王宮の様子を探ってはいます。が、二人は国の人間です。召喚者側の立場で見た情報には、また異なった価値があります。

それを説明すると、松里家君は快く引き受けてくれました。

「構いませんよ。むしろ、僕としても乙木さんとは今後も協力していきたいですから。戦争なんてまっぴらです。逃れるための手段があるなら、こちらとしても上手く利用したい」

面と向かって、私を利用することを宣言する松里家君。なかなかの大物です。しかし大胆でいて、同時によく物事を考えた上で行動している様子です。協力者として、これほど心強い召喚者は松里家君だけでしょう。

「なあ、おっさん。それっていいのか？」

すると、なぜかこのタイミングで有咲さんが口を開きます。

「いいのか、とは何のことですか？」

「いや、松里家って特に強い勇者なんだろ？　そんなヤツが戦争を嫌がってて、しかも戦争から逃げるのに協力するとかさ。戦争に勝つつもりなら、あんまし良くないんじゃねーの？」

有咲さんは率直に、疑問を言葉にしてくれました。

確かに、戦争に勝つつもりであれば松里家君との協力関係は矛盾します。

しかし、矛盾してでも勇者の皆さんの情報は内側から手に入れておきたいぐらいの重要な情報です。その動向次第で、私も計画を変えなければなりませんから。

それに。そもそも、有咲さんは勘違いをしています。

「別に、私は戦争に勝つつもりはありませんよ。なので、松里家君に協力するのはなんの問題もありません」

「はぁ？　おっさん、前に宮廷魔術師のヤツが来た時に言ってたじゃねえか！　戦争を終わらせるために、この国を勝たせるってよぉ！」

　納得いかないのか、有咲さんが声を荒らげます。ここは、しっかりと説明しておきましょう。

　というよりも。むしろ、今まで有咲さんにちゃんと説明していなかったのが良くありませんね。勘違いをさせたまま、放置していたわけですから。

「有咲さん。貴女は重大な勘違いをしています」

「は？　なんのことだよ」

「あの日の私は、シュリ君と戦争を勝つための手段について話をしました。戦争に勝つためには、どのような手段を取れば良いのかについて話をしました」

　そこまで言って、少し間を置きます。再び口を開き、重要な点を言葉にしてしまいます。

「ですが、この国を戦争で勝利させる約束など一度もしていませんよ」

　私の言葉に、有咲さんはポカンと呆けたような表情を浮かべます。もう少し、突っ込んだ説明をしておきましょうか。

「あの日した会話は、もしもこの国が戦争で勝つために、私が協力するとしたら、という仮定の話です。戦争に協力するつもりが無くても、協力する場合どうするかについて話すことは不可能ではありません。まあ、相手側にも勘違いさせてしまったのなら申し訳ない気持ちでいっぱいになりますが」

「ははは！　なるほど、乙木さんはそんなことをしていたわけですか！　さすがです乙木さん」

　どうやら話の流れを読み取ったのか、松里家君が笑い声を上げます。

「おい不良女。理解できていないようだから僕が教えてやろう。つまり乙木さんは、国側の人間を騙したんだよ。自分があたかも協力者であるかのように、言葉を選んだんだ。嘘を吐かずに、都合良く勘違いをさせたんだよ」

ようやく合点がいったのか。有咲さんは驚きの表情を浮かべます。

「おっさん！　それって、ヤバイんじゃねーか？　ってか、戦争に勝たずに、どうやって平和とか安全とか実現するんだよ！」

新たな疑問を浮かべる有咲さん。それに、一つずつ答えていきましょう。

「有咲さん。大人というのは、建前と方便で自分に都合良く周りを動かそうとするものですよ。特に私のような人間は。自分の目的のために、人を騙して都合良く利用するなんて、普通のことですよ」

私の回答に、有咲さんは呆気に取られたような表情でため息を吐きます。

「そっか。つまりおっさんは、あのシュリヴァとかいうヤツのことも騙してるわけか」

「そうなりますね。有咲さんは悪い大人に騙されないよう、注意してくださいね？」

まあ、シュリ君に関しては分かった上で騙されているのかもしれませんが。悪い大人は、時に自分の都合のためにわざと愚かなふりをします。

愚かな失敗は避けられない。そういう建前が必要な場面も、社会には少なくありませんから。

「じゃあ、やっぱ戦争を終わらせるとか、平和とか安全とかいう話も全部ウソだったわけ？」

有咲さんは、今度は逆に私の全てを疑っているようです。まあ、一度騙されてしまうとこうなるのは仕方ありません。が、そこは誤解されたままでは困るので、当然弁明します。

「いいえ。それについては本心ですよ。間違いなく戦争を終わらせたいと思っていますし、最終目標は安全の確保。そしてついでに六ツ賀谷高校から召喚された皆さんを助けたいと思っています。まあ、第二目標については可能な限りと但書が付きますが」

例えば有咲さんのお友達だった不良君たちは、場合によっては助けない可能性もあります。根っからの悪人までは、たとえ子どもであっても救うつもりはありません。

「ああ、もう！　なんなんだよおっさん！　アタシ、おっさんのことがよく分かんなくなってきたよ」

有咲さんは、疲れたような声色でぼやきます。

ふむ。意識共有が十分に成されないと、今後の計画に支障が出る可能性があります。ここは、私の目標について、しっかりと説明した方が良さそうです。

という理由で、私は有咲さんに自分語りをすると決めました。

夜は長いですし、今日は松里家君という新たな協力者もいます。しっかりじっくり、私の考えについて理解を深めてもらいましょう。

「まずですね。私はあまり厳密な計画は立てていないことを先に言っておきます」

私は、真っ先にその部分を宣言します。これは、前提として分かっていてもらいたい部分ですからね。

「無計画ってことか？」

「いいえ、違いますよ」

有咲さんから、思った通りの反応が返ってきます。私は否定し、説明を加えます。

「大雑把に、こうだったらこうしよう、みたいなことは考えていますよ。けれど、今後の行動を具体的に決めきってはいません。良い言い方をするなら、状況に応じて臨機応変。悪い言い方をするなら行き当たりばったり。そんなところでしょうか」

私が言うと、有咲さんは困ったような表情を浮かべます。

「でも、さすがに方針ぐらいは決めてんだろ？　結局、この国に味方すんの？　それとも、この国と敵対すんの？」

「さあ？　それはどちらとも言えませんね」

私は、現在の自分の考えのまま答えます。すると、有咲さんは頭を掻きむしります。

「だあぁっ！　もう、わけ分かんねえよ！　それってなんにも考えてないってことじゃねえのかよ！」

「それは違います。きちんと考えれば、有咲さんのような問いに答えが出せないことが分かりますよ」

「意味分からん、どういうことだよ？」

有咲さんが理解できていないようなので、詳しく語りましょう。

「そもそも、私の目的は先程も言った通り。安全の確保と子どもたちの保護です。それを優先するため、必要なことを考えてみてください」

私が言うと、有咲さんは腕組みして首を傾げながら考え始めます。

「えっと、まず安全は、敵が居なきゃいいんだろ？　危なくない場所に行くとかでもいいんじゃねえの？　で、うちの高校の奴らを保護するなら、めっちゃ強くならないとダメじゃね？」

「そうですね。どちらもおおよそ正解です。もっと言えば、強くなれば安全を保障することも出来ます」

私はそう言って、その点について深く語ります。

「この世界で安全を脅かす大きな要因は三つ。一つが戦争。一つは魔物。そして最後の一つが治安。このうち、魔物と治安に関しては単純な腕っぷしだけで解決できます。結局のところ、難しい問題は戦争の一つだけということになります」

ここまでの説明に、有咲さんは納得した様子で頷きます。問題無いようなので、このまま説明を続けましょう。

「戦争の危険を逃れる手段は主に二つ。戦争の影響が無い場所へ逃げる。戦争を終わらせる。このどちらかを満たせば、安全が保障されると考えて良いでしょう」

とまあ、二つの選択肢を提示しました。

「逃げる場合は、どう逃げれば良いのか考えねばなりません。どこへ逃げるのか。いつからいつまで逃げていられるのか。戦争が続くなら、逃げた先に戦火が広がる可能性もありますからね。逃げる手段も問題になります。状況によっては国境越えもありうるでしょうから、馬車で悠々と街道を進むわけにはいきません」

逃げると一口に言っても、実際にするべきことは数多くあります。逃げ続けるにしても、その先々で不自由無く生活するための蓄えも必要です。六ツ賀谷高校の生徒の皆さんも一緒になる可能性も考えると、やるべきことは無数に増えます。

「つまり、世界の片隅に絶対安全な国でも存在しない限り、逃げるという選択は単純に選択することは出来ないのです」

逃げるという選択は行動の指針にはなりえないわけです。考えを巡らせるからこそ、選択できないという事実に至ります。

そこのところを有咲さんが理解してくれるといいのですが。表情からはそこまでの理解度を読み取ることは出来ません。話を続けましょう。

「次に、戦争を終わらせるという選択を取ったとしましょう。ですが、この場合も話は同じです。一度の勝ち負けで戦争が終わるとは限りません。そうなると、戦争の終結は難しい。全ては情勢、状況次第です。この国や魔王の都合、事情が変われば戦争終結の糸口も変わります。現時点でどうすれば戦争が終わるか、なんて考えても、それは想像の域を出ません」

つまり逃げるという選択同様、目標に設定するわけにはいきません。大雑把に戦争を終わらせたい、と思うことは出来ますが、それまでです。具体的に戦争終結のための策を現段階で張り巡らすのはリスクが高い。情勢次第で、全てが水泡に帰することになるわけですから。

「そう考えると、結局どちらの選択も現時点では選べない。もっと情報が必要ですし、状況が固まるまで大きくは動けません。この国に味方をするのか、しないのか。戦争を自分の手で止めるのか、それとも逃げるのか。何一つはっきりとは出来ません」

「なんつーか、それって詰んでねーか？」

有咲さんが眉を顰(ひそ)めて聞きます。私は、これに首を横に振ります。

「難しい状況ですが、詰みではありません。今はまだ選択できないだけ。それは要するに、そのうち情報が集まり、状況が変われば選択肢もはっきり決まってくるということでもあります。その時、どのような選択肢でも選べるよう、手札を増やす。それこそが、現時点で出来る最適解なんです」

「あー、つまりどういうこと？　この国で出世するってこと？」

「もっと大雑把な話ですよ。つまり最強になればなんでも出来るので最強になりましょう。という話です」

「ふふっ」

私が少し冗談めかして言うと、松里家君が笑いました。ジョークが通じたのは喜ばしいことです。どうやら、松里家君とはその辺りのセンスも合いそうですね。


「最強って、そんなん無理じゃね？」

有咲さんは率直な感想を口にします。ご尤もな意見。なので、冗談めかした言い方ではなく、もっとはっきりした言い方で言い直します。

「まあ、最強というのは極端な言い方ですよ。いざという時どんな選択肢でも選べるように準備しておく、というのが実際のところですね。逃げも隠れも出来るように、戦時中の国境越えを集団で可能にする準備をしておく。この国を戦争で勝てるよう裏で進退のカギを握っておく。そして魔王側にも接触しておく。より都合の良い国の方で上手く活動できるよう、どちらの陣営にも根回ししておく。まあ、分かりやすい予定としてはそんなところでしょうか」

私は、さっと思いつく限り、今の段階で準備できることを言い連ねていきます。

すると、有咲さんが言い返してきます。

「そんな都合のいい立場になれんのか？　ってか、どうすりゃいいか分かんないし」

「やることは単純ですよ。私が強くなればいい。話は元に戻るわけです」

安全を脅かす三要素。その全てに対処できるように強くなる。それは腕っぷしだけでなく、社会的、経済的な力も含みます。喧嘩で勝つ。情報戦で勝つ。資金力で、資産の差で勝つ。

結局は、思いつく限り全ての勝負に勝てる力を手に入れる。それ以上でも以下でも無いわけです。

「そして強くなるための過程はなんでもいいんですよ。正解は無い、というよりは誰にも分からないでしょうね。だから、現時点で私の持てる知識、能力を総動員して力を付けていくわけです。そのためにこうしてお店を開き、資本と人材を握る側へと進もうとしているわけです」

私が言い終えると、松里家君が満足げに頷きます。

「なるほど。納得です、乙木さん。何より、その考え方には個人的にとても同意できます。さすがは、僕が見込んだ方ですね」

どうやら、私の説明に納得、共感していただけたようです。これは良い反応ですね。

一方で、有咲さんは難しい顔をしています。

「そんなの、上手くいく保証無いだろ。失敗したらどうすんだよ？」

「なるほど。確かに失敗すると、少し困りますね」

有咲さんの心配も、理解できます。きちんと計画を立て、筋道立てた手順で物事を進行しないのでは不安にもなるでしょう。

「ですが、別にそれでもいいのです。失敗しても、上手くいかなくてもさほど困りませんよ」

そこで、失敗そのものの不安を取り除くような話をします。

「ここは日本とは違います。悪い点も多いですが、良い部分も多い。幸い、私たちは女神様に特別な力を貰ってこの世界に来ました。たとえ失敗して底辺に落ちたとしても、這い上がるのは日本よりも遥かに容易です」

この点こそ、私たちがこの世界で有利に活かすべき部分です。たとえ失敗して、底辺に落ちたとしても、私たちは冒険者として身を立て、再起するのは難しくありません。現代日本のような便利ささえ求めなければ、この世界でまあまあ豊かな部類に入る生活が出来ます。

「なので、失敗を恐れる必要はありません。チャンスがあるのですから、いくらでも挑戦してみるべきだと思っています。まあ、安定して出世する、というルートと比べたら不安が多いのも事実ではありますが」

私はそう言って、おおよそ失敗のリスクについて話し終えます。有咲さんは、ひとまず話の内容には納得できた様子でした。

「そっか。そういうことか」

呟く有咲さんを見て、もう一言だけ付け加えます。

「もしも、有咲さんが私の考えに賛同できないなら仕方ありません。挑戦を強制することは、さすがに出来ませんから。非常に口惜しくはありますが、今から有咲さんが私とは別の選択をしても、それは仕方のないことだと思います」

私が言うと、有咲さんは驚いたような顔でこちらを見ます。

「どうでしょうか。有咲さんの好きな方を選んでください」

私は、ここで初めて有咲さんに選択を委ねました。今さらのような気もしますが、ここまで話をした以上、有咲さんの意思も改めて、しっかりと再確認しておかねばなりません。

少しの間、有咲さんは考え込むように俯いていました。それが顔を上げて、私の方を向き直った頃には、かなり表情が明るくなっていました。

笑顔を向けてくれる有咲さんは、決断を語ります。

「アタシには、やっぱり難しいことは分かんないよ。アタシが困ってた時に、助けてくれたのはおっさんだ。今も、おっさんはアタシが困らないように、嫌がらないように気を使ってくれてる。だから、そんな心配してねぇよ。たぶん、上手くいく。だからおっさんに付いていく。アタシにとっては、それだけ。それで十分」

そう言って、有咲さんは私と一緒に居ることを選んでくれました。

つい胸に、じんわりと込み上げるものがあります。

「ありがとうございます、有咲さん」

しかし、言葉を尽くして語ったりはしません。

ただ気持ちのまま、感謝を口にしました。


「いやあ、乙木さん。やはり貴方は素晴らしい！」

話が終わったところで、松里家君が興奮した様子で言います。

「さすが僕が見込んだ方です。状況を分析し、冷静に考えている。これだけ異常な状況下、結論を急げば何をするべきか、判断を誤る可能性も高い。それを警戒して、常に物事を観察し、考える姿勢を貫く。素晴らしいことだと思います！」

さっきから、何やら松里家君にはべた褒めされています。照れてしまいますね。

「あまり褒められると、調子に乗らせていただきますが」

「どうぞどうぞ乗ってください。いくらでも僕が持ち上げますので！」

「何アホなこと言ってんだよ」

私と松里家君が和気藹々と冗談を言い合っていると、呆れた様子で有咲さんが文句を言います。

ひとまず、話を戻しましょう。

「――さて。これでおおよそ、認識の共有は出来たと思います。何か、質問などはありませんか？」

「いや、アタシは大丈夫。ってか、もうごちゃごちゃ考えんのはやめたから。おっさんのこと、とりあえず信用するよ」

「僕も問題ありません。乙木さんの考えについては全面的に肯定させてもらいます」

二人の了承も取れました。これで、認識は共有できたと判断して良いでしょう。

「では、今後についても軽く話をしておきましょう」

私はそう言って、元々の話題に戻ります。

「松里家君には、既に話した通りです。勇者の情報、王宮の情報を流していただきたい。それを、今後私がどのように動くべきか、という判断材料にしていきますので」

「任せてください。むしろ、乙木さんには事情を知ってもらった方が都合がいい。外部の視点で僕の置かれている状況を見てくれる人、というのはありがたいですからね」

　松里家君は、私が利点として考えている部分と同じことを指摘します。お互いに、お互いの状況を別視点から確認できる。これは極めて有意義です。

　単一の視点では、思考の幅に限界があります。選択を間違えるリスクも高くなります。これを避けるためにも、立場の違う協力者というのは重要になってくるわけです。

「そして有咲さん。今までも繰り返しお願いしてきましたが、これからも同じです。貴女のスキル、カルキュレイターには高い可能性が秘められています。これからもスキルの成長を促すため、数学の問題を解いてください」

「おっけい！　任せろ！」

　有咲さんは元気良く返事をしてくれます。頼もしい限りです。

「あと——もう一つ。成長性を確かめるためにも、将来的には実戦経験を積んでもらおうと思っています。なので、冒険者としての活動のいろはについても少しずつ教えていきます」

　カルキュレイターが単なる数字の計算以上のことが可能だという仮定。これに従えば、例えば冒険者としての活動中にも多種多様な問題に回答し、情報を分析してくれるはずだと推測できます。

　計算以外の機能について調べるには、冒険者活動が最も都合が良いはずです。

　数学的な要素はほぼ関わってきません。それに、私自身が冒険者活動の経験があります。なので、より安全かつ正確で確実な実験が可能になるわけです。

「まあ、なんかよく分かんないけど分かったよ。おっさんのために、それとアタシのためになるんだったら文句は言わねーよ」

「ありがとうございます」

有咲さんは認識を共有した上で、協力してもらえると約束してくれました。これは今までの成り行き上の協力関係より、深いものです。

言わば一蓮托生。そんな関係を了承してくれた有咲さんには、本当に頭が上がりません。

協力関係についての話が終わった後。私たちは、なんでもない雑談をして過ごしました。

ただし、松里家君はさり気なく王宮、そして勇者の様子についての話題を織り交ぜてくれました。

お蔭で、状況の理解が進みます。私の予想通り、王宮は勇者を表面上は持ち上げつつ、戦争の道具として利用する心づもりでいる様子。かつ、六ツ賀谷高校の子たちはそれに気付いていない。

召喚に巻き込まれた教員――つまり大人については、軟禁されて面会できない状態になっているそうです。ここまで露骨に情報を遮断し、判断力を奪っているとなると、逆に疑わない方が難しいでしょう。

とはいえ、子どもたちに冷静な判断を求めるのも酷です。騙されて、正義感のまま戦争の道具として利用されるのもまた酷い話。

やはり助けてあげたい、という気持ちが強まります。

その後、話は弾み、夜も遅くなってきました。もう日付も変わっているほどの時刻になるでしょう。

普段通りであれば、そろそろ松里家君の帰る時間です。

が、ここで有咲さんが一つ話題を投下します。

「ところでさ、松里家。お前ってさ、なんでおっさんに対してそんな媚びてんの？」

有咲さんの言葉に、松里家君が眉を顰めます。

「媚びてるとは心外だな不良女。僕は尊敬するべき人は尊敬する。それだけだ」

「いや、でもさ。こんなおっさんを尊敬するって、けっこうハードル高くない？　ビジュアル的に」

有咲さんはなかなか辛辣なことを言ってくれます。

確かに私の外見はキモいおっさんです。見た目が災いして、他人に悪い印象を与えるのはいつものことです。キモいというだけでマイナス査定が下れば、どれだけ能力の高さを証明してもプラマイゼロ。いいえ、むしろマイナスにさえなりかねません。

それでも尊敬の念をはっきり示してくれる松里家君は、とても良い子に違いありません。

「ふん、まだまだだな、不良女」

松里家君は不敵に笑います。きっと偏見や外見で人を判断しないよう、有咲さんに忠告してくれることでしょう。

「乙木さんはこの外見だからこそいいんだ。くたびれたどこか冴えない年配の男性が、実は高い能力を持っている。素晴らしいじゃないか」

おや？　何やら、私の想像とは違う方向に話が進むようです。

「いや、くたびれた冴えないおっさんって、ダメじゃん」

「ダメなものか。むしろそこがいい。くたびれて冴えない外見だからこそ、萌えるというものだ。分かるか？　ダメオヤジ、可愛いだろ」

「ダメオヤジはダメオヤジだろ。ダメだろ。可愛くねぇよ」

「全く、これだから素人は」

言って、松里家君はため息を吐きます。有咲さんは、馬鹿にされたにもかかわらず、怒るよりむしろ困惑しているようです。

正直、私も松里家君の発言を理解しかねています。

「いいか不良女。世の中にはおっさん萌えというジャンルがある。そしておっさん萌えというのは奥が深い。愛でる対象は美形に限らない。中には脂ぎった臭そうなデブオヤジを愛でる者も居る。世界は広い。お前ごときが乙木さんの魅力を理解できると思うなよ？」

「あー。なんだ？　よく分かんねぇけど。つまり松里家はおっさんが好きだってことか？」

有咲さんは面倒になってきたのか、雑に話をまとめようとします。しかし、それは失敗に終わるでしょう。何しろ私はキモいおっさんです。いくらなんでも好きだという言葉はふさわしくありません。

きっと松里家君も訂正するはずです。

「ああ、そうだ。僕は乙木さんのことが好きだ。人格面良し、知能レベルも問題無し。しかも外見まで僕の性癖にドンピシャだ。好きになって当然だろう？」

おや。訂正されませんでした。これは妙ですね。

「なあ。性癖ってさ、男同士で使うと変な意味に聞こえるからやめた方がいいぞ？」

有咲さんが松里家君に忠告します。私も全くもって同じ意見なので、合わせて頷きます。

「なんだ、そんなことか。それなら問題は無い」

そして松里家君は、なぜか自信満々に反論を繰り出します。

「そもそも、僕はホモだからな。実際に、そういう意味で言葉を使っている」

松里家君の衝撃発言に、有咲さんが硬直します。

私は有咲さんよりは余裕がありましたが、それでも反応に困ってしまいます。

「あの、松里家君。つまり君は、私を性的な目で見ているということでしょうか」

このまま黙っていても仕方ないので、本質的な部分について尋ねます。

「はい。もう完全にそういう目で見ています。尊敬と、恋愛感情が半々といった感じでしょうか。なんにせよ、僕は乙木さんのことが好きですよ」

恥ずかしがりもせず、堂々と松里家君は言い放ちます。

つまり、まとめるとこうです。松里家君はホモで、私に恋愛感情を抱いている。

いや、そもそもまとめるまでもないですね。松里家君の言った通りの話でしかありません。

「もちろん、無理強いをするつもりはありませんのでご心配無く」

「なるほど。まあ、そこは当然守ってほしい部分ですが」

しかし、まさか自分のお尻の穴の心配をする羽目になるとは思ってもみませんでした。予想外にもほどがあります。

とはいえ、こうした予想外の事態にも対応せねばなりません。ここは異世界。現代日本の常識は通用しません。協力関係にある男の子がホモで、突然恋愛感情があると暴露されるよりも不可思議な出来事だって存在するはずです。

なので、この程度で狼狽えるわけにはいきません。

「しかし、申し訳ありません松里家君。私は君の想いには応えられません」

「そうですか。もしかして、男同士は駄目ですか？」

「もしかしなくとも、男同士は駄目ですよ」

私は正直な自分の心境を伝えます。どうにか、私のことを諦めてもらいたいものです。

「それは妙ですね。乙木さんは既に男性同士の経験があると、宮廷魔術師のシュリヴァさんから聞いていたのですが」

おっと。これは厄介なことになりました。

私は確かに、シュリ君とは肉体関係を持ちました。しかしそれは、シュリ君が女の子のように可愛らしかったからに他なりません。

なので、男同士で恋愛感情を持つことはできません。シュリ君については、性欲に負けた例外であると言えます。

「シュリ君については、確かに行為に及んだことはあります」

「なら、僕もイケるのでは？」

「いえ。シュリ君は外見についてはどう見ても女の子です。私の本能的一部分も、彼のことは女の子に近い存在として認識しています。なので、決して男同士で興奮できるわけではありません。同性愛者というわけでもないのです」

「そう、だったのですか」

松里家君は、残念そうに肩を落とします。かわいそうですが、これればかりは仕方ありません。

これで話は一件落着。と思いきや、不意に私の肩にぽんと手が置かれます。

「なあ、おっさん？」

有咲さんです。何やら、威圧的な声色ですね。


「なんでしょうか」

「今言ったことはマジなのか？」

「ええ。同性愛者ではありませんよ」

「そこじゃねぇよ！　シュリヴァって奴とヤッたとかなんとかって話だっつうの！」

キレ気味になりながら有咲さんは言います。

「なるほど、その点ですか。確かに事実です。私はシュリ君と性行為に及びました」

「セックスしたってことだな？」

「はい」

「ケツの穴に突っ込んだのか？」

「はい」

「あの女の子みてーな奴にか」

「そうなりますね」

私が誠意を持ち、正直に回答していくと、次第に有咲さんの表情が呆れと嘆きに染まっていきます。

「はぁ。おっさんがそこまで変態で下品な男だとは思ってなかった」

そして辛辣な評価を頂きました。いえ、確かに有咲さんの言う通りなので、辛辣というよりは事実をありのまま突き立てただけに過ぎないのですが。

「まあ、おっさんが変態で下品だってのは分かってたことだけどさぁ」

「そうなのですか？」

「だって、事あるごとに自分のツバをアタシに触らせようとしてくるじゃん」

「あれは粘着液なので変態でも下品でもないのですが」

「うるせぇ！　言い訳すんな！」

有咲さんに怒られてしまいました。理屈については納得しかねますが、私はキモいおっさんなので理不尽になじられても仕方のないことです。ここは素直に受け入れましょう。

「ありがとうございます」

「なんでそこで感謝すんだよ！」

有咲さんはキレて声を上げます。が、私が変態かつ下品であることを認めたからなのか、これ以上の追求をしてくる様子はありません。

「あの、乙木さん」

有咲さんとの話にも決着がついたところで、松里家君が口を開きます。

「本当に、乙木さんは男同士は駄目なのですか？」

「ええ、そうですね。少なくとも、女性的な魅力をどこかに感じなければ食指は動きません」

「なるほど」

松里家君は、何やら納得したような面持ちで頷きます。

「分かりました、乙木さん。確かに、乙木さんを振り向かせるのは難しそうですね。ここは一旦、諦めようと思います」

「そうですか」

理解していただけたようですね。ありがたい話です。

「しかし、将来的にはまだ分からない。そう言っても問題はありませんね？」

「はあ。まあ、未来は不確定ですからね。断言は出来ません」

松里家君の発言の意図が読めず、しかしひとまず話には頷いておきます。

「ならば僕は、その可能性に賭けます」

そして、松里家君が拳をぐっと握り、立ち上がります。

「こうしてはいられません。乙木さん、今日はありがとうございます。早速、王宮に帰ってから努力しようと思います！」

「そうですか、頑張ってください」

恐らく、協力関係についての話でしょう。しかし、王宮と勇者の情報を集めるだけのことに努力する、という表現はしっくり来ません。何か特別な意図でもあるのでしょうか。

「それでは乙木さん、またいずれ。新しい情報が入ったときは、必ず顔を出します。定期的な報告としても顔を出すつもりです」

「はい、よろしくお願いします」

「そして、いずれは必ず、乙木さんをこの僕に振り向かせてみせましょう！　新たな魅力を会得することによって!」

　どうやら、未だに私のことを諦めていない様子です。これは困りましたね、今までの説得が全て水の泡です。

　しかし、これ以上の説得は難しいでしょう。となれば、後は好きなようにやらせておくしかありません。

「では、またお会いしましょう、乙木さん!」

「ええ」

「あとついでに不良女もな!」

「うるせーとっとと帰れホモ野郎!」

　こうして、松里家君は最後に嵐のような騒動を巻き起こし、王宮へと帰っていくのでした。

　それにしても、努力とは私を振り向かせる努力のことだったのですね。

　一体、何をするつもりなのでしょうか。

「あいつ、女装でもするつもりなのかな」

　有咲さんが、一言だけ呟きます。が、まさかそれは無いでしょう。ただでさえ、彼はおっさん趣味のホモという濃い人物。さらに女装癖なんて、いくらなんでも濃すぎます。可能性は低いと見ていいでしょう。

第二章　王都近郊のマルチダンジョン

松里家君との協力を取り付け、王宮の事情についても詳しく調べられるようになりました。

聞くところによると、どうやら勇者を前線に送る準備を早めているそうです。勇者が召喚された、という情報が魔王軍に漏れ、その影響で攻撃が苛烈になっているのが原因だとか。

恐らく魔王軍は、勇者が戦線に出てくる前にある程度の打撃を与えておきたい、という考えなのでしょう。

となると、私も少し行動を起こさなければなりません。

王宮が急ぐというのなら、私も多少は行動を早めに実行していく方がいいでしょう。

また、戦争がこれから激化するなら、戦時特需というものがあります。より高い利益を挙げるために、新商品の開発は必須と言えます。

という理由で、私は新たな商品を開発することを決定しました。

しかし、すぐさま新商品開発、とはいきません。というのも、手札がありません。

私は今まで、私が手に入れられる限りの資源、技術を駆使して商品開発をしてきました。逆に言うと、新たな資源、技術を取り入れなければ新商品の開発は困難ということにもなります。

どちらかと言えば、資源の方が深刻です。一介の魔道具店が仕入れられる素材では、作れるものに限度があります。

技術については、まだまだ検証しきれていない廃棄スキルの数々や、未知なる魔法についての知識などがあります。伸び代があると分かっているので、それほど不安はありません。

なので、まずは資源問題から解決することにしました。

「というわけで、ダンジョンへ潜ります」

私は、従業員の皆さんを呼び集めてそう宣言しました。

「勝手に一人で行けばいいじゃん？」

有咲さんに冷たいことを言われてしまいました。しかし、ここで引くわけにはいきません。

「いいえ。ダンジョンへ潜ると、魔物との戦闘で経験値が得られますからね。私一人よりも、レベル上げを行いたい人を連れていった方が効率的です。つまり、私が魔物を倒すので、経験値だけ仲間に横流しする、というわけです」

「なるほど。いわゆるパワーレベリング、という行為ですわね、乙木様」

元A級冒険者の妻であり、現在肉食系未亡人のマリアさんが言います。さすが、元冒険者の妻ですね。知識があるようです。

「もちろん、危険が無いよう安全には配慮します。私一人で攻略可能な、簡単なダンジョンを探索するつもりです」

「それでしたら、是非うちのティアナとティオをお連れくださいな。資源豊富で難易度の低いダンジョンであれば、私の知っている場所もご紹介しますわ」

「おお、それはありがたいですね」

マリアさんの知識が、とても助けになります。

「ですが、お子さんお二人を連れていっても大丈夫なのですか？」

「ええ。この子たちはいずれ、冒険者になりたいと言っているんですもの。乙木様の庇護下で経験を積めるというのであれば、これ以上に良い機会はありません」

「なるほど。分かりました、責任を持って預からせていただきます」

　とまあ、流れるように同行者が二人決定しました。

「後は、有咲さんは強制です。理由は以前、お話しした通りです」

「ん？　ああ、分かったよ」

　そして、有咲さんにも同行してもらいます。

　カルキュレイターの成長性の程度について確認するため、実戦経験を積む。これについては、以前話してあるので問題ないでしょう。

　ついでにパワーレベリングをして、冒険者のノウハウについても教えます。自分の身を自分で守る術（すべ）を身に付けておけば、後でいざという時に重宝するでしょうから。

「他には、誰か居ませんか？」

「じゃあ、はいはい！　俺も行きたい！」

　そう言って、元気良く挙手したのはジョアン君でした。

「冒険者の活動って、ちょっと興味あったんだ。おっちゃんが教えてくれるなら、先生も許してくれるだろうし」

「なるほど」

　ジョアン君は、将来現場指揮者として責任ある立場についてもらいます。そうなると、多少レベルが高く腕っぷしも強い方が便利でしょう。

「分かりました。同行を許可します」

「よっしゃ！　あとさ、おっちゃん。前にローサがおっちゃんとまた遊びたいって言ってたから、ローサも誘っちゃだめかな？」

「ローサさんですか？」

孤児院で、ローブ作りの指揮と裁縫技術の勉強をお願いしているローサさん。そういえば、最近はお仕事で顔を合わせる以外の時間は少なかったように思います。

そろそろもう一度交流を深め、繋がりを強化しておく必要があるでしょう。

「そうですね。イザベラさんの許可が出るのであれば、同行しても構いませんよ」

「分かった！　ありがと、おっちゃん！」

ジョアン君は満面の笑みを浮かべて喜びます。こうも喜んでくれると、頑張り甲斐があるというものです。

後日。イザベラさんの許可も出て、無事ダンジョンにはローサさんも同行することとなりました。

さらに数日後、マリアさんから教えられたオススメダンジョンへ向かう準備も終え、私たちは王都近郊にある大型ダンジョン、通称『マルチダンジョン』へと訪れていました。

このマルチダンジョン、正確には中型規模の複数のダンジョンが内部で繋がって出来たものだそうです。

その関係で得られる資源の種類が幅広く、難易度も大型ダンジョンの割に極めて低い。冒険者はもちろん、国にとっても非常に都合の良いダンジョンです。

王都の側にこんな便利なダンジョンがあるというのも都合の良すぎる話です。が、元を正せば恐らくは逆なのでしょう。こうした有用なダンジョンが存在する場所の近くだからこそ、王都のような大都市が発展した。つまりダンジョンに近いと便利なので街をつくった、という話なのでしょう。

「では、行きましょうか」

マルチダンジョンの入り口に立ち、私は背後に居る皆さんに呼びかけます。ジョアン君、ローサさん、ティアナさん、ティオ君。そして最後尾に有咲さんです。

「めっちゃ楽しみだ！　な、ローサ」

「うん。ちょっと怖いけど。でも、乙木のおじちゃんが居るなら平気」

ローサさんとジョアン君が楽しげに会話しています。

「わたしたち、簡単な魔法なら使えるから、魔物との戦闘にも混ぜてほしいです」

「僕もです。おじさま、よろしくお願いします」

ティオ君とティアナさんもやる気満々の様子。

「子どもらがはぐれないよう、見といてやるからおっさんは魔物をきっちり倒してくれよな」

そして、有咲さんが殿（しんがり）を務めてくれます。

「任せてください。魔物は私が全部処理できるはずなので、問題ありませんよ」

マリアさんからの情報によると、マルチダンジョンに出没する魔物はどれだけ強くてもステータスにCが並ぶ程度。それも階層主と言われる、ゲームで言うなればボスに当たる魔物でそのレベルです。

そして、人気のあるダンジョンであるため、罠等は解除され尽くして残っていません。通路は整備され、死角等もほとんどありません。ダンジョンから産出される資源を得るため、長年人の手が入り続けた結果でしょう。

ちなみに、ダンジョンというのは魔物に近い存在だ、ということが研究で判明しています。言うなれば、魔物を生み出す魔物。内部に魔法で作られた広い空間を持ち、そこでダンジョンごとに決まった魔物を生み出し続けます。

そうした行動をダンジョンが行う理由は判明していません。が、そこに目的意識は無い、という説が最も有力です。

長い歴史の中で、子孫を残す機能の弱い生物が種として淘汰されてきました。それと同じように、ただ偶然、魔物を生み出す機能を持った魔物が淘汰されずに残った。これが、ダンジョンという存在についての有力説の一つです。

まあ、神様が人類に遺してくれた神代の遺産、などという眉唾ものな説もあったりしますが。と、無駄なことを考えてしまいました。今は、ダンジョン探索。資源集めとレベル上げの時間です。

「まずは、皆さんのステータスを見せてください。今回のパワーレベリングで、どこまで成長するのか把握しておきたいので」

私は、連れ立つ五人にそう呼びかけます。すると、五人はそれぞれステータスプレートを開示してくれます。

【名前】美樹本(みきもと)有咲
【レベル】8
【筋力】E　【魔力】A　【体力】E　【速力】E
【属性】なし
【スキル】カルキュレイター

【名前】ジョアン
【レベル】4
【筋力】F　【魔力】G　【体力】F　【速力】F
【属性】なし
【スキル】不屈

【名前】ローサ
【レベル】2
【筋力】G　【魔力】E　【体力】G　【速力】G
【属性】土
【スキル】なし

【名前】ティアナ

【レベル】5
【筋力】F　【魔力】D　【体力】F　【速力】F
【属性】氷
【スキル】なし

【名前】ティオ
【レベル】5
【筋力】F　【魔力】D　【体力】F　【速力】F
【属性】風
【スキル】なし

おおよそ、予想した通りのステータスでした。ティアナさんとティオ君は冒険者志望であるためかステータスが少し高め。ローサさんが低めというのも予想通り。

ただ、全員がスキルか属性のどちらかを持っているのは予想外でした。特に、ローサさんとジョアン君。

もしかすると、この四人の子どもたちは冒険者としての才能もあるのかもしれませんね。


私たちは陣形を保ちながら、マルチダンジョンを進んでいきます。先頭が私。その後ろにティオ君とティアナさん。さらに後ろにジョアン君とローサさん。最後尾を有咲さんという順番です。

　最初の目的地は鉱物資源が得られるエリアです。ゴーレム系の魔物を生成するダンジョンでは、副産物として鉱床が数多く発見されます。

　こうした鉱床は、ダンジョン内では何度も再生されます。これは、ゴーレム生成時の排泄物のようなものだ、という説が有力です。つまりゴーレムを造った時に生まれる廃棄物が堆積して鉱床になる、といった具合なのでしょう。

　実際、出現するゴーレムの種類と鉱床で得られる鉱物の種類は常に一致します。

　戦時特需で武器や防具は確実に売れるはずなので、目標としては良質な金属資源を回収できれば、と考えています。

　実は、私の持つスキルの一つに『鉄血』というスキルがあります。血液の中に金属物質を溶かし込むというスキルです。これを使えば、アイテム収納袋を使うより遥かに多くの金属資源を回収できます。

　難点は、回収と取り出しのどちらも血液から、つまり傷口を作らなければ不可能であるという部分です。また、金属ではない鉱物、つまり宝石や石材等は収納できません。

　元は身体から金属製の針山を生やす、ハリネズミのような魔物が持つスキルです。融通が利かないのは仕方ありません。

　鉱物系エリアを進んでいくと、鉱床発見より先に魔物と出くわします。

　ゴーレムです。見るからに金属製の身体をしていて、頑丈そうな相手です。が、実は大した相手ではありません。

序盤に出てくるゴーレムは、その名もアルミプレートゴーレム。アルミ製の薄い装甲で表面を覆っているだけの、ロックゴーレムに過ぎません。移動速度も遅く、パワーはありますが攻撃を食らう心配はまずありません。

適当に転がしてタコ殴りにすれば、新人冒険者でも楽に倒せる相手です。

ただし、数が揃うと厄介です。耐久性は高いため、囲まれると突破は困難。無理に突っ込もうものなら、そのパワーの餌食になります。

そして今、正面に現れたゴーレムの数は八体。新人だと、即撤退が望ましい状況です。

「あの、おじさま。大丈夫でしょうか？」

不安に思ったのか、背後からティアナさんの声が掛かります。

「平気です。この程度なら相手にもなりません。見ていてください」

私は安心できるよう、自信たっぷりな口調で言ってみせます。

そして私は、真っ直ぐにゴーレムの方へと突撃します。普通の冒険者なら悪手です。圧倒的な攻撃力が無い限り、後退しながら少数と接敵する状況を維持するのがセオリーでしょう。

しかし、幸いにも私には便利な廃棄スキルがあります。

私は躊躇なく、ゴーレムの群れのど真ん中に飛び込みます。遅い動きのゴーレムが、私を狙って集まってきます。

今にも攻撃を受けそうだ、といったところで、私はようやく、とあるスキルを発動させます。

ドォンッ！　と、爆発音が響きます。

その爆発は、なんと私を中心にして発生しました。私を巻き込みながら、爆発は周囲に集まったゴーレムたちを破壊します。

一瞬で、ゴーレム八体はただの残骸(ざんがい)に変わりました。

「ふぅ、よし」

「ちょっと待て！　よしじゃねえだろ！」

有咲さんの文句を言う声が上がります。

「おっさん今さ、自分も巻き込んで爆破してなかったか？」

「ええ、そうですね。何しろ『自爆』というスキルを使いましたので」

そう、私が使ったスキルの名前は『自爆』というもの。自分自身ごと、周囲を爆破するスキルです。生命力と魔力を混合して威力を発揮するので、上手く調整すると僅かな自傷(じしょう)ダメージと引き換えに周囲へ高破壊力攻撃を行える便利スキルです。

ただし、これが使えるようになったのは最近になってからの話。ステータスが低かった、冒険者初期の私では自傷ダメージで死んでいました。

今はステータスが上がったことで、自傷ダメージが気にならない程度まで小さくなりました。お蔭でどんどん自爆し放題です。

自爆しても治癒魔法で傷を治せば、最終的な消費は魔力だけと同じ。ですので、自爆はステータスさえ足りていればとても優秀な攻撃手段となるのです。

「いや、まあ。おっさんがどうかしてるのは前から知ってたけどさ。にしても自爆はねぇよ」

とまあ、一通り説明すると有咲さんには呆れられてしまいました。

「乙木のおじさまは、特別なスキルをお持ちなんですね」

「やっぱり、一流の冒険者は違うんですね」

ティオ君とティアナさんは尊敬してくれます。

「おっちゃんおもしれー！」

ジョアン君は楽しそうに言ってくれます。

「おじちゃんが平気そうで、安心しました」

ローサさんは私に怪我が無いか心配してくれたようです。いい子ですねぇ。

「にしてもさぁ。あんな爆発に巻き込まれて平気って、おっさん今どんだけステータス高いんだよ」

「そうですね。お見せした方がいいかもしれませんね」

有咲さんに言われ、私は自分のステータスを皆さんに開示していないことに気付きました。

情報共有は重要です。それに、私だけステータスを秘密にするのも不公平で、不義理です。ここはちゃんと開示すべきでしょう。


私はステータスプレートを表示し、皆さんに見やすいように大きくして開示しました。

【名前】乙木雄一
【レベル】215
【筋力】A　【魔力】A　【体力】A　【速力】A

【属性】なし
【スキル】ERROR

「はっ、えっ？　にひゃくっ？」

私のレベルを見て、ティオ君が驚愕の声を漏らします。

同様に、他の四人も驚きのあまり固まっています。

「お、おっちゃんってホントにすごかったんだ。すげぇ。二百とか、聞いたこともねえよ！」

そして、最初に気を取り直したのはジョアン君。目を輝かせて、私に尊敬の眼差しを送ってくれます。

「Sランクの冒険者でも、レベルは百を超えたぐらいだと聞いたことがあります。なのに乙木のおじさまは、その倍近いレベルだなんて。信じられません」

ティアナさんが、驚きながらも予備知識の解説を加えてくれます。そのお蔭か、ジョアン君はいっそう私を尊敬してくれたようです。何やら私の手を握ってぶんぶん振り回してくれます。相当興奮しているようです。

「まあ、信じられないのは私自身も同意です。二百にもなって、ステータスが全てAというのはいくらなんでも低すぎますよね」

「いや、そこじゃねーから」

私の率直な感想は、有咲さんに否定されてしまいました。

「おっさん、どうやってレベル上げなんてしてたんだよ」

「前にも言ったかと思いますが、自動でレベルが上がるようなスキルを持っているのですよ」

「いや、そうでもなけりゃこのレベルになんねぇってのは分かるから。もっと詳しく教えろよ」

有咲さんに問い詰められてしまったので、ここは正直に詳細を話しておくことにします。話しても誰にも真似できませんし、問題ありませんからね。

まず、最初は『病魔』というスキルと『不眠症』というスキルの組み合わせでレベルを上げ続けていました。

が、四十程度まではすんなり上がったのですが、それ以降は上がり幅がかなり小さくなっていました。百を超えた頃には、ほとんど上がらなくなっていました。

それでも経験値が無いよりは良いと考えて、病魔スキルでのレベル上げは続けていました。

その結果、私が何よりも待ち望んでいたことが起きました。

そう、スキルの成長です。

病魔スキルはさらに上位のスキル『疫病(えきびょう)』へと変化しました。得られる経験値量の増加と、さらに特定対象に疾病(しっぺい)状態を付与するという効果まで得られたのです。

疾病付与は劇的な効果を挙げました。これまでと同様に、私は自分自身へ疾病を付与して経験値取得を狙いました。これにより、私は私自身にダメージを与えて経験値が得られるようになったのです。

私が経験値を得てレベルが上がれば、私を殴って得られる経験値も上がります。

つまり、疾病付与をし続ける限り、レベル上げは効率が落ちることなく続くことになるわけです。

ただ、日常生活に支障が出ない程度の疾病付与に留めている影響で、それほど大きな経験値が得られるわけではありません。

レベル自体は際限なく上がりますが、時間という制約から桁外れなレベルにまでは到達できません。

なので、ステータス的には未だにAという、人間ならありうる範囲に収まっているわけです。

可能なら、千や二千までレベルを上げてしまいたいものですが。残念ながら、そこまで都合良くはありませんでした。

とまあ、一通り説明をしてみたところ。有咲さんも含め、全員がどこか呆れたような表情になっていました。

「おっさん、まさか寝てないだけじゃなくて、自傷癖まであるとは思ってなかったわ」

そして有咲さんが一言。これに、子どもたち四人も頷きます。

「おっちゃん。さすがに自分を病気にしてまでレベル上げるのは変態だよ」

なんと、尊敬してくれていたはずのジョアン君にまでダメ出しされてしまいました。

おかしいですね。効率的に言って、これが一番良かったはずなのですが。治癒魔法があれば疫病スキルによる疾病が引き起こす不調は抑え込むことが可能です。なので、魔道具店の経営をしながらなんの負担も無くレベルが上がるも同然だったわけです。

極めて合理的であったはずなのに、責められるとは。これは心外です。

とはいえ、私に何か至らぬ点があったのも事実なのでしょう。ここはちゃんと指摘してくれた皆さんに感謝しておかなければなりませんね。

「ありがとうございます」

「え、なんでおっちゃんそこで感謝すんの?」

マジで変態じゃん、とジョアン君に小さく呟かれてしまいました。


私のレベルに関しての一悶着（ひともんちゃく）が落ち着いたら、ようやく探索を再開できました。

ゴーレムの出現するエリアは、特に危険度が低いエリアでもあります。ゴーレムは知能の無い自動的な行動をする魔物ですので、罠を張ることや奇襲をすることがありません。なので、冒険の初心者にはこれ以上無い修練の場所となっています。

マルチダンジョンが人の手の入った難易度の低いダンジョンであることもあり、新人冒険者はまずここで経験を積む、というのがセオリーだそうです。

当然、私もそうした前例に倣います。

まずは私がゴーレムを倒してパワーレベリング。新人冒険者並みのステータスになるまで五人を育てます。そして安全に配慮しながら、五人にダンジョン探索を任せてみます。細かい部分を指示しつつ、教えていきます。

そうすれば、五人ともレベルにふさわしい実力が得られることになるでしょう。

冒険者志望のティアナさんとティオ君はもちろん。有咲さんにもそうした自活能力は持っていてほしいです。また、ジョアン君とローサさんも、冒険者として生きる術を選択肢として持てるのは将来を考えると良い話でしょう。

もちろん、あくまでも冒険者は夢追い業。一攫千金（いっかくせんきん）が狙えるとはいえ、職業としては理想的ではありません。四人には、もっといい将来を提示してあげるつもりですが。

なんにせよ、最悪の場合に備えた保険というのはあって損はしません。

というわけで、一通りレベル上げが終われば五人に探索を任せてみることになります。

何はともあれ、まずはレベル上げです。

およそ半日ほどダンジョンを探索すると、五人のレベルは見違えるほど高くなっていました。

【名前】美樹本有咲
【レベル】32
【筋力】C【魔力】S【体力】C【速力】C
【属性】なし
【スキル】カルキュレイター

【名前】ジョアン
【レベル】25
【筋力】D【魔力】E【体力】C【速力】D
【属性】なし
【スキル】不屈

【名前】ローサ

【レベル】24
【筋力】F　【魔力】C　【体力】E　【速力】F
【属性】土
【スキル】なし

【名前】ティアナ
【レベル】25
【筋力】E　【魔力】B　【体力】E　【速力】E
【属性】氷
【スキル】なし

【名前】ティオ
【レベル】25
【筋力】E　【魔力】B　【体力】E　【速力】E
【属性】風
【スキル】なし

おおよそ、予想通りの成長です。ジョアン君の体力が高いのは、恐らく不屈というスキルの効果でしょう。

そして有咲さんのレベルの上昇だけ早いのは、勇者であることが関係しているのかもしれません。

「これだけのステータスがあれば、この辺りのゴーレム相手なら危険は無いでしょう。そろそろ皆さんに探索を任せてみましょうか」

「よっしゃ！　任せとけ、おっちゃん！」

ジョアン君が自慢げに胸を張って言います。

将来的なことも鑑みると、実際にジョアン君に任せるのが良さそうですね。

「では、ジョアン君をパーティーのリーダーに任命しましょう」

「リーダー？」

「はい。私以外の五人に指示を出しながら、冒険を先導する役割です。お願いできますか？」

「分かった！　おっちゃんが言うなら、やってみる！」

これで、ジョアン君にリーダーとしての振る舞いを学ぶ機会を作ることが出来ました。

続いて、他の皆さんのポジションも決めなければ。

「有咲さんは四人を守る形で、私と一緒に殿を務めてください」

「おう、分かった」

有咲さんが隣に寄ってきます。

「ティオ君とティアナさんは属性持ちですから、魔法による援護を考えると後衛につくのが良いでしょう。ローサさんも同様です。と言っても、ローサさんはまだ魔法の使い方が分からないかと思います。ティオ君とティアナさんから教えてもらってください」

「分かったよ、おじさま」

「任せて、おじさま」

「が、頑張ります！」

これで、全員の配置が決まりました。いよいよ、五人の冒険が始まります。

まあ、私という保護者付きですが。


ジョアン君を先頭に、探索を進めていきます。周辺警戒についてのノウハウを教えつつ、基本的にはジョアン君の判断に任せて行動します。

そうして探索を続けていると、幾つかの鉱床を発見。スキル『鉄血』で金属資源だけを回収し、すぐに次を求めて移動します。

やがて幾つか鉱床を見つけたところで、ようやく魔物と遭遇しました。

「おや、これは珍しいですね」

現れたのは、ミスリルプレートゴーレムと呼ばれる魔物です。この近辺ではごく稀にしか出没しないはずですが、運が良いのか出くわしました。

本来、この近辺はロックゴーレムやアルミプレートゴーレム、アイアンプレートゴーレムが出没する地域です。が、ごく稀にこうした例外的なゴーレムも出没します。中でも珍しいのがこのミスリルプレートゴーレム。ミスリルという希少な金属を表面装甲に使用した、頑丈かつ魔法耐久力も高いゴーレムです。

なお、中身は他と同じくロックゴーレム。なので、危険度は極めて低いと言えます。

言ってしまえば、この魔物はボーナスのようなもの。希少なミスリルを入手できる上、弱い魔物ですからね。しかも上位魔物なので経験値も豊富。いいこと尽くめです。

「戦闘に入りましょう。ジョアン君、まずは君が指揮してみてください」

「分かった！」

私が指示すると、ジョアン君は武器を構えます。

ちなみに、武器は棍棒（こんぼう）です。先端部分を金属で補強したもので、打撃力が高くなっています。ゴーレム相手に剣を使うのは刃こぼれして勿体（もったい）無いですし、威力も通りづらい。なので、ジョアン君には棍棒を支給しました。

技術が無くとも扱える武器なので、冒険初心者であるジョアン君でも取り扱いに困らないという利点もあります。

「でやぁぁあっ！」

ジョアン君は声を張り上げ、真っ先にミスリルプレートゴーレムへと飛びかかっていきます。棍棒を振り上げ、殴りかかります。

ガン、という音が響きます。一撃を食らわせたジョアン君は得意げにしています。

が、これは良くありません。

ミスリルプレートゴーレムは、頑丈さだけは飛び抜けています。ジョアン君の一撃では、大したダメージになっていません。

油断したジョアン君は、ミスリルプレートゴーレムの体当たりによる反撃を食らってしまいます。

「ぐわっ！」

吹き飛ぶジョアン君。このままだと床や壁に追突してダメージを負ってしまうでしょう。見過ごす理由も無いので、私は素早く助けに入ります。

ジョアン君の飛んでいく方向へと駆け出し、壁に衝突するより先に抱き止めて保護します。

「大丈夫ですか、ジョアン君？」

「あ、おっちゃん」

ジョアン君は、恥ずかしそうにしながら顔を逸らしてしまいます。恐らく、油断して反撃を受け、あげくフォローをされたことを恥じているのでしょう。

「私が守っています。だから安心してください。落ち着いて、よく見ればゴーレムの攻撃なんて簡単に回避できますよ」

「う、うんっ！　分かったよおっちゃん！」

気を取り直したジョアン君は、再びミスリルプレートゴーレムへと向かっていきます。正面から攻撃する、と見せかけて側面に移動。そのまま足に棍棒を叩きつけます。

ゴーレムは攻撃態勢にあったこともあり、簡単にバランスを崩します。

「お返しだ！」

そして、追い打ちのジョアン君の体当たり。子どもとはいえ、レベルとステータスのお蔭で成人男性を超える馬力があります。ゴーレムを転倒させるのは難しいことではありませんでした。

ひっくり返ったミスリルプレートゴーレムは、じたばたともがきます。起き上がろうとしますが、そこをジョアン君は棍棒でタコ殴りにします。この攻撃で上手く起き上がれず、ゴーレムはされるがままとなります。

やがて度重なる重い衝撃でプレートの内側にダメージが蓄積。所詮中身はロックゴーレムですから、数分もすれば活動停止してしまいます。

見事なジョアン君の勝利です。

「よく頑張りましたね、ジョアン君」

「えへへ、おっちゃんが守ってくれたお蔭だぜ！」

鼻頭を擦りながら、照れくさそうにジョアン君は言います。そんなジョアン君の頭を撫でます。

こうして褒めて伸ばすのが、私の基本的な教育方針です。

「いいなあ、ジョアン。おじさまに褒めてもらえるなんて」

「僕も撫でてほしいなぁ」

「羨ましいです」

子どもたち三人が、羨ましげに声を上げます。差をつけるのは良くありませんね。私は三人を手招きして呼び寄せます。

そして、三人の頭も順に撫でていきます。

「ティオ君、ティアナさん、ローサさんも偉いですよ。新人ですと、攻め気に逸って前衛が戦っているところへ魔法を打ち込み、味方ごと攻撃してしまうことも多いのです。しかし、皆さんはちゃんと状況を見て、攻撃を我慢していました。よくできましたね」

「うふふ」

「えへへ」

「わ、私はまだそこまで考えてなかったです」

私が褒めると、三人とも嬉しそうにします。ローサさんだけは謙遜しますが、しかし顔には笑みが隠せていません。

人間というのは単純です。良いことがあれば頑張る。嫌なことや辛いことがあれば逃げる。ですからこうして、なんらかの形でご褒美をあげる必要があります。でなければ、ダンジョン探索という面倒で大変な仕事にはすぐ飽きてしまいます。

飽きてしまった子どもに強制しても、覚えは悪く効率も悪いですからね。こうしてちゃんとスキンシップを取り、飴を与えるのは重要というわけです。

ミスリルプレートゴーレムの撃破後。表面のミスリルだけは私が鉄血スキルで回収し、探索を続けます。

ミスリルプレートゴーレムの後は、また魔物との遭遇が無くなりました。運が良いのか、悪いのか。代わりに鉱床がたくさん見つかります。

鉱床がこれだけあって、魔物が居ない。鉱床はゴーレム生成の副産物ですから、極めて不自然です。

考えられる可能性は二つ。一つはどこか別の場所に、群れで集まっている可能性。もう一つは、鉱床の数にふさわしい巨大で強力な魔物が居る可能性。

どちらにせよ、子どもたちや有咲さんでは危険な相手かもしれません。しっかり警戒しておかなければならないでしょう。

「お、おっちゃん」

私が考え事をしていたところで、先頭を歩くジョアン君が声を上げます。それに反応し、私は目を凝らします。

噂をすればなんとやら。進行方向に、大きなスチールプレートゴーレム。そして周囲に数十体ほどのスチールプレートゴーレムが集まっているのが見えます。

どうやら、私の予想は両方正解だったようですね。

「どうやら、強敵出現のようです。私が先頭に立つので、皆さんは安全な後方に控えてください。有咲さんはこのまま殿を。そして魔法攻撃が可能な方は、私に当たらないよう援護射撃をしてください。相手は足の遅いゴーレムだけですから、私が抑える限り安全に援護射撃の練習ができますよ」

私は指示を出しつつ、冗談めいた言い方で空気を軽くします。恐怖心や緊張を解きほぐすためです。

ちゃんと効果があったのか、子どもたちは笑みを浮かべながら頷きます。

そうして陣形を変え、私が先頭に立ったところです。不意に有咲さんが口を開きます。

「ちょっと待て、おっさん。なんか変だ」

言って、敵の大将と思われるスチールプレートジャイアントゴーレムを睨みつけます。

「多分、あれ中身も鉄だ」

有咲さんの指摘に、私は目を見開いて驚きます。

「分かるのですか？」

「ああ。なんとなく、動きが違うっぽい。ほら、中身が石の奴も、動きに個体差があったろ？　そこから、もしも巨大になったら、ってパターンも想像できるんだ」

「なるほど、そしてその想定とあの巨大ゴーレムの動きには食い違いがあると」

「そういうこと」

　言われて観察してみますが、私にはまるで分かりません。ゴーレムごとの個体差はもちろん、巨大ゴーレムの違和感も。

　恐らく、これこそがカルキュレイターというスキルの効果なのでしょう。正確な計算をするには、正確に情報を得なければなりません。数値計算にしても、目測が誤っていては答えが正しく得られません。

　そして、観測された僅かな差異を解析し、さらにはシミュレートまで実行。普通の人間が咄嗟に出来ることではありません。ましてや、普通の女子高生であった有咲さんならなおさら。

　それを踏まえると、カルキュレイターの効果の一部と考えて間違いないでしょう。

「有咲さん、今後も気付いたことがあれば、遠慮なく言ってください」

「おっけ、任せろ！」

　有咲さんに新たな役割を指示します。これで、戦闘準備は整いました。

「では、スチールゴーレムの群れへと接近しますよ」

　私は先頭に立つと、そう言って皆さんを先導します。ある程度近づいたところで、今度は私が一人で接近します。ジョアン君が付いてこようとしていましたが、手で制止します。

　ゴーレムの群れの中に飛び込み、まずは自爆スキルを発動させます。ドゴォッ、という音と共に、私の周囲に居たスチールプレートゴーレムが活動停止します。その数、八体。

　これが攻撃開始の合図となったのか。ティオ君、ティアナさん、ローサさんの魔法の援護が入ります。

「アイスシュート！」

「エアシュート！」

「えっと、ロックシュート！」

　三人が、それぞれの持つ属性通りの魔法で攻撃を放ちます。威力は直撃したゴーレムを吹き飛ばす程度のもの。ゴーレムの耐久力が高い関係で、レベルで優位にある三人の攻撃は耐えられてしまいます。

　ですがこの調子で魔法攻撃を繰り返せば、数発でゴーレムは沈黙するでしょう。物理攻撃とは違い、魔法攻撃への耐性はそこまで高くありませんからね。

　魔法攻撃の援護もあるので、今のうちに巨大ゴーレムの方へと近づきましょう。

　私は距離を詰め、様子見として巨大ゴーレムの胴体を殴ります。すると、中身が石とは思えないほど頑丈で重い手応えがありました。どうやら、本当にこのゴーレムは中身まで鉄でできているようです。

　つまり、このゴーレムはスチールジャイアントゴーレムだということになります。

　なお、スチールゴーレムとアイアンゴーレムの違いは、鍛えた鉄かそうでないかという点です。その影響か、スチールゴーレムの方が色合いが暗くなっています。

　言ってしまえば、素材が鋼(はがね)か鉄かという違いです。鋼の方が頑丈で、鉄は壊れやすい。その関係で、アイアンゴーレムほどの頑強さはありません。プレートゴーレムの場合も例外ではありません。

そして、逆を言えばスチールゴーレムは全身が鋼。非常に強固であるため、私の自爆だとかなりの威力が必要になります。

ですが、高威力の自爆は周囲を巻き込み、味方まで傷つけてしまいます。なので、自爆はこのゴーレムを倒す上で使用できません。

では、どうするのか？

答えは単純です。

「さて、頂きます」

私は掌(てのひら)に浅い傷を付け、スチールジャイアントゴーレムに触れます。

そして鉄血スキルを発動。全身が完全に金属で出来ているため、このスキルがあれば全身を吸収可能。微粒子レベルまで分解されてしまえば、スチールジャイアントゴーレムと言えども耐えることは出来ません。即死です。

僅か数秒で、巨大ゴーレムの全身を吸収。

完全勝利ですね。

スチールジャイアントゴーレムを瞬殺したので、後は楽な戦闘でした。私が小規模な自爆で次々とゴーレムをまとめて撃破。後衛三人による魔法射撃で各個撃破。

そして数が少なくなってきたところで、演習です。せっかくなので、前衛をジョアン君と有咲さんに代わってもらい、後衛との連携訓練を行うことにしました。

二人は次々とゴーレムを棍棒で殴り、横転させていきます。そして横転したゴーレムには後衛組が魔法を集中砲火。その頃には前衛の二人が次のゴーレムを転倒させにかかっています。以下、無限ループです。

そうした作業的な戦闘の中で、一つ気付いたことがあります。有咲さんのスキル、カルキュレイターについてです。

どうやら高い演算能力が数式以外に使えることは間違いないようです。というのも、有咲さんはまるで未来予知でもしたかのような正確さでゴーレムの攻撃を回避し、合理的な手順でゴーレムを転倒させていきます。

目についた順、というわけではありません。逃げるゴーレム、攻め込むゴーレム。攻撃を振りかぶったゴーレム。そうした動きも含めて、次に最も転倒させやすく、かつ魔法射撃で狙いやすい固体を導き出しています。

元々戦闘経験の無かった有咲さんが、これだけの戦闘能力を発揮する。これは間違いなく、スキルの効果と言っていいでしょう。

そして、それはつまりカルキュレイターには観察力の強化という効果も含まれることを意味します。単なる女子高生が、なんの補助も無しに戦闘中の敵の情報を冷静に取得できるはずがありません。スキルによる補助があって、初めて有咲さんは情報を得て、その情報を元に最適解を導き出しているわけです。

その証左とも言える現象も見受けられます。

ローサさんが魔法の発動に失敗し、ゴーレムを仕留めきるのに失敗するパターンがあります。この時、ゴーレムは立ち上がるか、あるいはそうでなくとも這いずって近距離の敵、つまり有咲さんを攻撃します。

有咲さんはゴーレムがある程度確実に撃破されることを予測しているのでしょう。その関係で、後ろから不意打ちを食らうことが稀に見かけられます。

もちろん不意打ちの可能性も気付いているのでしょうが、その予兆を目で観測できていない以上、正確なタイミングは分かりません。

なので、有咲さんは背後を気にしながら戦っています。そして、時折ゴーレムが背後から襲撃してきた時は、驚きながら対応しています。

そうした様子から察するに、やはりカルキュレイターは観測した情報を元に正確な演算をするスキル。そして観測されていない情報は演算不可能。そのため、背後の攻撃は読み切れず、前方の攻撃は未来予知同然の動きで読み切っているのでしょう。

つまりカルキュレイターとは、得た情報を解析し、正解を導く能力。その範囲は、数字や単純な計算処理に留まらない。

そう考えるのが妥当でしょう。

となれば、今後が楽しみですね。カルキュレイターの能力は、理想に限りなく近いものと言えます。これなら、計画していた様々なことが実現可能になるかもしれません。

などと考えていると、戦闘が終わってしまいました。全てのスチールプレートゴーレムが活動を停止しています。その数、なんと六十八体。

既に鋼はかなりの量を確保していますが、あって損するものではありません。私のステータスが高いお蔭か、鉄血スキルの容量もまだまだ余裕があります。全てのスチールプレートを回収してしまいましょう。

「おい、おっさん」

有咲さんが、私に近寄ってきて小さな声で言います。

「ちょっとおかしいことに気付いた」

「ふむ、聞かせてください」

「見た感じ、アタシらが今まで見つけた鉱床の数と、生まれたゴーレムの数が釣り合わないんだよ」

言われて、私はなんとなく意図を察します。

鉱床はゴーレム生成の副産物。それはつまり、鉱床が多いほどゴーレムはたくさん、あるいは強力に生まれるということにもなります。そして、私たちが見つけた鉱床はあまりにも数が多かった。

私たちが偶然、鉱床を発見できたと考えるのは少し不自然です。なので、このダンジョン全体で私たちが発見したのと同程度の頻度(ひんど)で鉱床が発生していると考えられます。

となると、今度はゴーレムの数や質が不自然です。このダンジョン全体で膨大(ぼうだい)な鉱床が発生しているのであれば、スチールジャイアントゴーレム一体とスチールプレートゴーレム六十八体ではあまりにも数が少なすぎます。

だとすれば、全体でゴーレムが大量発生、異常発達しているはずです。しかし、それにしては遭遇する頻度があまりにも少ない。

不自然な状況が重なりすぎています。そしてこの不自然な状況を説明できる陰謀論を、私はたやすく想像できてしまいます。

例えば、魔王軍の工作員の仕業とすればどうでしょうか。人類に打撃を与えるため、資源の源であるダンジョンに破壊工作を敢行。ダンジョンそのものを破壊するのは難しいため、使用不可能な状況を生み出す方針に話は進みます。ダンジョンの魔物を集め、管理し、過剰に成長させ、深部の人目につかない場所に集め続ける。そして時が来れば、集めた魔物を開放する。

ダンジョンに鉱床が多すぎること。魔物が少なすぎること。ミスリルプレートゴーレムやスチールジャイアントゴーレムと遭遇したこと。全てに説明がついてしまいます。

もちろん、安易な陰謀を想像通りに存在するのだと信じるわけではありません。ですが、現在の状況はそれだけおかしい何かがなければありえない程度には不自然なのです。

警戒をするに越したことはありません。

「念のために、これで帰還することにしましょう」

私が言うと、有咲さんは頷きます。さすがに子どもたちをこれ以上、ダンジョン内で連れ回すわけにはいきません。

緊急事態により、私たちは撤退を余儀なくされました。

しかし、問題は出口までの距離です。

実は今回、ダンジョン探索は一泊二日を予定していました。そのため、ダンジョンをかなり奥の方まで進んできていたのです。これから帰るとして、日付が変わる前に出口までたどり着くのは不可能でしょう。

私一人ならなんとかなりますが、子ども連れです。そして子どもたちは夜には眠くなってしまいます。寝ぼけて動きの悪いところでダンジョン内の魔物と遭遇、となれば結局危険に晒すことになります。

複数の危険要素を比較し鑑みた結果、やはり徹夜でダンジョン内を強行軍で進むのは良くないという判断に至りました。

というわけで、不安は残りますがダンジョンでの野営です。

子どもたちを不安にさせないため、様子がおかしいので冒険者ギルドへ報告に戻ろう、という単純な話で方針は説明してあります。

なので、子どもたちは危険に怯えることなく、普通に野営の訓練だと思って行動しています。

というか、キャンプ感覚なのでしょう。楽しげに会話をしています。

「へぇ、じゃあティアナとティオもダンジョンに来るのは初めてなのか～」

「うん。冒険者の経験なんて、ママの知り合いの手伝いって形で、ダンジョン以外のところに同行したことがあるぐらいかな」

「それにしては、とても慣れている感じに見えました」

「そんなことないよ。わたしもティオも、けっこういっぱいいっぱいだった」

「でも僕たち、昔からなんだか、余裕があるとか度胸があるとか、よく言われるんだよね」

「そりゃ、二人ともすっげー美人だからだろ？　顔がいいから何やっても様になるんだよ」

子どもたちの会話に、さりげなく有咲さんも混ざっています。

現在は野営の準備も終えて、魔道具で作られた加熱器具と鍋を使って調理をしているところです。洞窟のように閉鎖された空間で、移動もせずに大きな火を使うのはあまり良くありません。なので、調理には魔道具を使います。高価な品で、シュリ君から餞別(せんべつ)に貰った冒険者セットに入っていたものです。

普通の冒険者はこうした道具は持っていないので、洞窟では保存食を食べることになります。あるいは、最初から日帰りでダンジョン探索に挑むか。

なので、こうして温かい食事が出るというのは稀なことなのです。

もちろん私は皆さんに教える義務があるので、その辺りの説明も既に済ませてあります。

あとは鍋が煮えるのを待つばかり。乾燥野菜と干し肉と固形調味料を突っ込んで煮るだけの料理ですが、保存食そのままよりは遥かに美味しい代物です。

「そろそろ鍋も煮えたようですね。食事にしましょう」

私が呼びかけると、皆さん「はーい」と声を上げて応えてくれます。私は小さな器に鍋からスープを注いで、順番に皆さんへと渡していきます。

食前の挨拶をするような状況でもないので、各自が受け取った時点で食事を始めてしまいます。

「はー、温まるな～！」

ジョアン君が幸せそうに声を漏らします。

「疲れが吹き飛ぶみたいだね」

「うん。おじさまの作ったスープ、美味しいです」

ティアナさんとティオ君も、嬉しそうにスープを食べています。

「今日はいろいろあったから、その分もっとおじちゃんのスープが美味しく感じますっ！」

ローサさんもスープを味わい、微笑みをこぼします。

こうして子どもたちが喜んでくれると、作った甲斐があるというものです。

ちなみに、ローサさんが言ったいろいろというのは、スチールジャイアントゴーレムの件だけではありません。

実は撤退を決めてからの退路でも、何度か強力なゴーレムと遭遇しました。最も強力だったのは、ミスリルゴーレムの群れでした。十数体のミスリルゴーレムと遭遇した時は、さすがに皆さん表情を強張(こわば)らせていました。

まあ、ミスリルは私が鉄血スキルで吸収できるので、全部一瞬で無力化しましたが。

そうした撤退道中の戦いもあり、皆が疲れています。だからこそ、温かいスープは疲れた身体に染み渡り、癒やしとなるのでしょう。

ちなみに、そうした数々の戦闘のお蔭で私以外の全員のレベルが上がりました。今では子どもたちは全員がレベル四十台。有咲さんに至っては七十台まで到達していたりします。

ここまで来ると、もう普通の冒険者よりも強いぐらいのステータスになります。最低限の知識さえ学べば、すぐにでも冒険者になれるでしょう。

とはいえ、今はまだ知識的には素人。野営には危険が伴います。今日は異常事態も発生しているので、より私が周囲を警戒しなければならないでしょうね。

こういう時は、不眠症スキルで眠らずに済むことが本当にありがたく思えます。

スープを食べ終わったら、後は寝るだけです。大した荷物は持ち込んでいないので、岩場の陰になるような場所に集まり、ローブに身を包んで眠ります。快適とは言えませんが、寝袋などに身を包むと緊急時に動けません。冒険者の野営は、こうしていつでも動けるような状態で眠るのが基本です。

しばらくは、私と有咲さんで見張りをします。子どもたち四人が眠ろうと寝転がったまま、時間が過ぎていきます。

が、ちゃんと眠れないのでしょう。子どもたちは、もぞもぞと動きっぱなしです。

やがて、我慢できなくなったのかジョアン君が起き出してきます。そして私の方に歩いてきて、肩を預けるような格好で隣に座ってきます。

「どうしたんですか、ジョアン君」

「岩が硬くて寝れないよ、おっちゃん」

「そうですか。しかし、今回は仕方ありませんからね。どうにか眠りやすい姿勢を見つけるなりしてください」

「じゃあ、おっちゃんが添い寝してくれよ！」

ジョアン君が、思わぬことを言い出します。

「おっちゃんが近くに居てくれたら、安心して眠れる気がするんだ」

「そうですか、なるほど」

確かに、安心感は眠る上で重要かもしれません。緊張していては、眠気も遠のくというものです。

「分かりました。一緒に寝ましょうか」

「うん！」

私はジョアン君と一緒に、他の子どもたちが眠っているところへ寄っていきます。そして、適当なスペースにジョアン君と一緒に寝転がります。

「へへ、やっぱおっちゃんと一緒に居ると落ち着くなぁ」

「そうなのですか？」

正直、そこまで私の存在が影響するとは思っていませんでした。

「ほら、今日の最初の戦いでさ、俺が危なかった時におっちゃんが助けてくれただろ？」

「ええ、そうですね」

「その時に気付いたんだけどさ。おっちゃんが側に居ると、すごく安心するっていうか、落ち着くっていうかさ。とにかく、なんかよく分かんないけど幸せなんだよな。だから、おっちゃんと一緒なら岩が硬くても眠れるかなって思って」

ふむ。原因はよく分かりませんが、きっかけは今日の戦闘でしたか。戦闘時の恐怖心が、私が助けに入ることで反転し、私を頼りに思うようになった、といったところでしょうか。

なんにせよ、私が居るだけで落ち着くというなら、一緒に居てあげましょう。

「ジョアンだけ、ずるいですっ」

ローサさんが起き上がって、こちらに寄ってきます。

「私も、乙木のおじちゃんと一緒に寝たいです！」

「ローサさんもですか」

思っていたより、子どもたちに好かれているようです。ローサさんはジョアン君とは反対側の隣にするりと入り込んできます。そして、私の身体に抱きつき、ほっぺたをくっつけてきます。

「おじちゃん、やっぱり可愛いです」

「可愛いのですか？」

「はい。洞窟ドワーフみたいで、私、おじちゃんのこと好きです」

なるほど。おとぎ話に出てくるキャラクターそっくり、というのがここで効いてくるわけですか。

ローサさんからしてみれば、愛玩動物を愛でるような感覚なのでしょう。

「二人がいいなら、僕たちも」

「おじさまと添い寝したいです」

そして、ティオ君とティアナさんも起き上がり、こちらに寄ってきます。ジョアン君とローサさんの二人で左右が埋まっているからなのか、覆いかぶさるようにのしかかってきます。

「お二人も、よく寝れないのですか？」

「うん。でも、ママにも言われたから」

「おじさまはロリコンかもしれないから、ちゃんと誘惑しておきなさいって」

なんと、下心ありきでしたか。しかし、誘惑の意味をちゃんと理解しているのでしょうか？

「誘惑と言いますが、何をするのか分かっていますか？」

「ううん。ママは、おじさまに任せておけば大丈夫だって言ってた」

「わたしも分からないけど、おじさまのしたいようにしてください」

困りましたね。さすがに、この年齢の子どもに手を出すつもりはありません。それに、二人以外も居ますし。

しかし、蔑ろにするのもかわいそうですね。誘惑に乗るわけにはいきません。

「では、こうしましょうか」

私は、四人の子どもたちをまとめて両腕で抱き寄せます。身を寄せ合って一緒に眠りましょう、というわけです。

「おやすみなさい、皆さん」

私の腕の中で、子どもたちは安心したような顔をして、目を閉じました。


子どもたちが寝静まったところで、私はゆっくりと抜け出します。そして自分のローブを子どもたちに被せてから離れます。

「さて、有咲さん。お願いしたいことがあるのですが」

「なんだよ？」

「子どもたちの面倒を見ていてほしいのです」

「おっさん、どっか行くのか？」

「はい。敵を退治しに」

私が言うと、有咲さんは緊張した表情になります。

「やっぱ、マズいのか？」

「ええ、マズいですね」

有咲さんの問いに、私は頷きます。

ここまで撤退する間、私たちはたくさんのゴーレムを撃退してきました。もしも今回の異常事態が何者かの人為的なものであった場合、私たちの行動は既に敵に察知されていると考えた方がいいでしょう。

そして、敵は私たちを探してダンジョン内を移動しているはずです。一晩の間、ダンジョンに籠もるというのはリスクが高いのです。

もちろん、これは徹夜でダンジョンを抜けようとしても話は同じです。眠気と疲れでボロボロになった子どもたちを連れて、まだ見ぬ敵から逃げ続けるのは得策ではありません。

「ですので、私がここから離れて囮になります。可能ならば、敵を撃退してきます」

私が囮になり、単独で敵と接触します。撃退できたなら、安全は確保されます。撃退できなくても、皆さんは私と距離があり、姿を隠してもらいますので、目が覚めてから有咲さんの引率でダンジョンから抜け出すことが出来ます。

敵も私と接触することで、今回の侵入者が私だけだと勘違いするでしょう。

つまり、子どもたちが安全に撤退するには、ここで有咲さんに子どもたちを任せるのが一番なのです。

ダンジョン内の異常についても、確実にギルドへ伝えなければなりません。二手に別れるのは、そうした面でも効果的です。

有咲さんは、そうした理由をなんとなく察しているのでしょう。緊張した様子で頷きます。

「アタシが、責任持ってコイツらを守る。だからおっさんは、安心して行ってこいよ」

「はい、お任せします」

こうして、私は行動を開始しました。

まずは、子どもたちと有咲さんが隠れる安全な場所を作らなければなりません。ミスリルゴーレムを撃退して入手した、大量のミスリルを使います。

鉄血スキルは、金属を取り出す時、自由な形で取り出すことが出来ます。元々、魔物のスキルです。取り込んだ金属を刃のようにして取り出す魔物のスキルなので、こうした効果があるのでしょう。

で、私はこの力でミスリルをゴツゴツといびつに湾曲した板状に生成します。このミスリルの板で、子どもたちの眠る岩陰を覆います。

そして、次に粘着液をミスリルの表面に吐き出します。

「おっさん、汚い」

有咲さんが嫌そうな顔をしますが、これは必要なことです。やめるわけにはいきません。ミスリルの板の表面に、周囲の地面から砂を集め、まぶしていきます。粘着液のお蔭で表面に砂が付着し、まるで岩のような質感になります。

こうして、岩に擬態するミスリル製の仮拠点が完成しました。

きちんと探索しなければ、岩に擬態していることは分からないでしょう。そして、ミスリル製なので魔物の攻撃にもかなり耐えられます。

ここに籠もっていれば、少なくとも朝までは安全でしょう。

「では、後はお願いします」

「ああ。帰ってこいよ、おっさん。待ってるから」

「はい」

有咲さんのためにも、他のたくさんの人たちのためにも、こんな所で命を落とすわけにはいきません。

心してかかります。そして、危なそうなら即座に撤退しましょう。


私は子どもたちと有咲さんから離れ、少し広々とした空間に出ます。もしも本当に敵が居て、こちらを探しているとしたら。すぐに戦闘に入る可能性もあるので、こうした広い空間の方が都合が良いと言えます。接近する敵を発見するのも楽ですし、戦闘でも動きを阻害されません。

そしてしばらく、広い空間で待ち続けます。敵が来るとすれば、恐らくダンジョンの深部からです。なので、子どもたちの隠れている場所より深部に近い、この空間で待っていれば先に遭遇するはずです。

小一時間ほど、じっと待ち続けました。すると、何やら騒々しい気配がダンジョンの奥の方から迫ってきます。

「ほう、待ち構えているとは、豪胆（ごうたん）な奴だな」

そして、声が響きます。

現れたのは、数十体のゴーレムと、人間のような形をした一体のゴーレム。喋（しゃべ）ったのは、人間型のゴーレムです。

「初めまして。私は乙木と申します。お名前をお伺いしても？」

「自分から名乗るとは、殊勝（しゅしょう）なことだ。いいだろう、この私の名をその魂に刻むが良い」

人型ゴーレムが、やたらと大きな態度で話しだします。

「我が名はシューベリッヒ！　魔王軍が四天王の一人、オリハルコンドールのシューベリッヒだ！」

「これはどうも、シューベリッヒさん。幾つかお尋ねしたいことがあるのですが」

私が訊くと、シューベリッヒさんは何やら呆れて困惑するような雰囲気を見せます。まあ、ゴーレムなので表情は分からないのですが。

「魔王軍の四天王だぞ？　なぜ驚かん？」

「はあ。まあ、可能性はあるかな、と思っていましたので」

王都のマルチダンジョンを管理しているのは、王国の騎士たちです。そんなダンジョンの管理者の目を盗み、異常事態を発生させる。それは並大抵の存在には不可能なことです。

だからこそ、人為的な異変ではない可能性も考えました。が、実際はこの通り。魔王軍の精鋭による、破壊工作であったわけです。

「それよりも、シューベリッヒさん。このダンジョンの異常事態を起こしたのは、貴方ですか？」

「察しの通りだ。私がこのダンジョンの魔物を生み出すエネルギーを最深部に集め続け、高位のゴーレムを大量に生み出した」

「なぜ、このようなことを？」

「言うまでもない、貴様ら人間への復讐だ！」

　復讐、と言ったシューベリッヒさん。魔王軍は、人間をかなり恨んでいるのでしょう。声から憎悪がありありと読み取れます。

「やがてこのダンジョンは強力な魔物で満たされ、ダンジョンの外へと溢れ出すだろう。そうなれば王国の壊滅は免れぬだろう。これこそが我が悲願！　貴様ら人間共への復讐なのだ！」

「そのためには、目撃者が居るのはマズい、というわけですか」

　十分な数の魔物を生み出す前に異常事態が発覚すれば、ダンジョン内は制圧されてしまうでしょう。シューベリッヒさんの目的を達成するためには、一連の流れが全て秘密裏のまま進む必要があります。

　この計画に、どれだけの時間をかけるつもりかは分かりません。が、それほど長い時間のかかるものではないのでしょう。

　マルチダンジョンに入る冒険者は数多く居るのですから、今よりも大規模な異常が発生すれば、目撃者の数も増えます。そうなると計画の途中で騎士団に邪魔をされ、魔物は一掃されてしまうでしょう。

　それでもこの計画を実行している以上は、成功する見込みがあるのです。つまり、騎士団が異常事態を把握するよりも早く、魔物を溢れさせる自信があるのです。

　そう考えると、この異様な魔物の発生状況は、ここ数日のうちに起こったものとして考えて良さそうです。

さらに言えば、ここで私が倒された場合、異常事態は急速に進行。ダンジョンから溢れ出す可能性は極めて高いと言えます。

ここでシューベリッヒさんの企みを潰しておかなければ、王都は大変なことになるでしょう。

「となれば、戦いは避けられませんね」

私は、臨戦態勢を整えます。

「ほう、貴様がこの私を止めてみせるというのか？」

シューベリッヒさんもまた、言いながら戦闘に備えて身構えます。

「我が身体は伝説の金属、オリハルコンで出来ている。大した力も感じない、貴様のような下等な人間にこの守りを突破できるかな？」

どうやら、自分の守りに相当な自信があるようです。見れば、シューベリッヒさんやその周囲のゴーレムは皆同じ色の金属で出来ています。それらが全て、オリハルコンなのでしょう。

オリハルコンは、この世界でも最上位クラスの性能を誇る金属だと聞いています。非常に頑丈で熱や魔法にも高い耐性があり、生半可な攻撃力では破壊不可能。武器や防具に使われ、Sランク冒険者でさえ装備に使いたがる代物です。

そのオリハルコンで全身を構成しているなら、さぞかし頑丈なことでしょう。

ですが、だからこそ都合がいいと言えます。

「突破できるかどうか、試してみましょうか」

私はそう言ってから、素早くシューベリッヒさんへと向かって駆け寄ります。スピードに関しては、さすがに相手が全身金属だからなのか、こちらの方が上です。シューベリッヒさんが完全に対応できないうちに、私は蹴りを放ちます。

そして私の蹴りはシューベリッヒさんの脇腹に直撃して、そのままオリハルコンを切断します。

「なっ、なんだと！」

驚いた様子のシューベリッヒさん。慌てたように後退しつつ、腕を振り回して攻撃してきます。食らうとさすがに危険そうなので、私も後退して回避します。

まさか自分が傷つくとは思っていなかったのか、シューベリッヒさんは脇腹を押さえ、立ち尽くしています。

「貴様、どんな手品を使った？」

「大したことはしていませんよ」

「嘘を言うな！　この私の、オリハルコン製の身体をこうもたやすく傷つけるなど、同じオリハルコンであってもありえん！」

怒りに震える声で、シューベリッヒさんは言います。絶対的な防御力があると信じていた分、余計に腹が立つのでしょう。

しかし、私がオリハルコンを蹴りで切り裂いたのは事実。

いいえ。正確に言えば、切り裂いたのではありません。

削り落としたのです。

私が数多く持つスキルの中の一つに『貧乏ゆすり』というものがあります。元々、日本に居た頃

からの能力が引き継がれて生まれたスキルの一つです。

この貧乏ゆすり、効果は足が細かく震えるという一見すると意味の無さそうなもの。

ですが、スキルの効果には成長性があり、また物理や魔法の法則さえ超える超常性があります。

私が貧乏ゆすりに着目したのは、レベルが上がり始めた頃、つまり冒険者活動を開始してからです。

戦闘能力、特に攻撃力を求めていた私は、どうにか威力のある攻撃を編み出そうと試行錯誤していました。その中の一つに自爆スキルも含まれていましたが、当然自爆は所詮自爆。自傷ダメージがある以上、限度があります。

そんなある日、私は貧乏ゆすりというスキルについて、ある発見をしました。

それは、足の震える速度、つまり周波数が固定ではない、という点です。ステータスが高まれば高まるほど、そして練度（れんど）が上がれば上がるほど。貧乏ゆすりは速くなっていくことに気付いたのです。

超高速で振動する足。これが何かに使えないか、と考えていました。

そして今日。私は大量の希少金属を手に入れました。鉄血のスキルでこの金属は自在に取り出すことが可能です。

この二つのスキルを組み合わせることで、私は一つの技を編み出しました。

名付けるなら、高周波ブレードキック。足に鉄血で金属の微細な刃を生み出し、貧乏ゆすりで超高速振動させます。この状態で蹴りを放てば、接触面を微細な刃が削り落とすことになります。

その効果のほどは、シューベリッヒさんを相手に実証されました。

オリハルコンはミスリルよりは硬いですが、桁違いに硬いというほどではなかったようです。お蔭でミスリル製高周波ブレードキックは、オリハルコンを削り落とすことが出来ました。

尤も、ミスリルはそれ以上に消耗してしまったのですが。

「なんにせよ、シューベリッヒさんの耐久力では私の攻撃を止めることは出来ませんよ」

「くっ、信じられんッ！」

狼狽するシューベリッヒさん。きっと、ここまであっさりと耐久力を突破された経験が無かったのでしょうね。混乱するのも頷けます。

ですが、すぐにシューベリッヒさんの混乱は収まります。脇腹を押さえたまま、落ち着きを取り戻します。そして、不敵な声色で語りだします。

「だが、残念だったな人間よ。私は既に、このダンジョンの魔物生成エネルギーを掌握している。この意味が、分かるかな？」

咄嗟に言われても何を言いたいのか意味が分からず、私は首を横に振ります。

「つまり、私はエネルギーの続く限り、このダンジョンで自在に魔物を生み出すことが出来るのだよ。それがたとえ、私自身であろうともなァッ！」

次の瞬間、シューベリッヒさんの身体に光が集まります。光は特に、脇腹の傷に向かって集まっていきます。

そして光が弱まっていくと、そこには失われたはずのオリハルコンがありました。削られた傷など無かったかのように、綺麗な胴体が覗いています。

「ふふふ、見たか人間よ。ダンジョンのエネルギーが続く限り、私はこうして無限に自分を再生させることが出来る。つまり、貴様には最初から勝ち目など無かったというわけだ！」

シューベリッヒさんは得意げに語り続けます。どうやら、私の攻撃は最初から無意味だったようです。削って傷を付けたとしても、すぐに回復してしまう。これでは、いつまで経ってもシューベリッヒさんを倒すことは出来ません。

ですが、これはむしろ好機と言えます。

何しろ、私の攻撃手段は、一つではないのですから。


完全に傷が治ってしまったシューベリッヒさん。調子に乗っているのか、無防備な格好でこちらへと近づいてきます。

「さあ、攻撃してみるといい。貴様の攻撃でどれだけ傷つこうが、私はすぐに再生するぞ。そして貴様の攻撃、オリハルコンさえ破壊する威力であることを考えるに、相当な労力を要するのだろう。いつまでも放ち続けられる技ではないはずだ」

シューベリッヒさんは、的はずれな予想をしていますね。ただの貧乏ゆすりなので、餓死するまで無限に蹴れますよ。ミスリルの在庫もかなり残っているので、まだまだ戦えます。

ダンジョンのエネルギーと私の貯蔵する金属、どちらが尽きるのが先か勝負してもいいぐらいです。

しかし、今回はそんなことをするつもりはありません。

そもそも、相手がオリハルコンという時点で、私の勝ちは決まったも同然なのですから。

「そこまで自信がおありなのでしたら、次の攻撃も当然受け止めてもらえますね？」

私は煽るように、シューベリッヒさんに問いかけます。

「ああ、構わんぞ？　どのような切り札があろうとも、私は耐え、そして再生してみせるからな」

そしてシューベリッヒさんは挑発に乗ります。自分が無限に再生できると気付いて、相当気分が良いのでしょうね。調子に乗り過ぎと言えますが、その方が都合がいいです。

このまま、私の攻撃を受けてもらいましょう。

「それでは、失礼します」

私は言って、まず自分の掌に傷を付けます。

「む？」

シューベリッヒさんが訝しみますが、無視して続けます。

次に私は、傷の付いた掌をシューベリッヒさんに当てます。そして、切り札であり必殺でもあり、収納にもなる便利なスキルの名を念じながら発動させます。

その名も、鉄血。金属を吸収するスキル。

オリハルコンだって金属なので、例外ではありません。

次の瞬間には、シューベリッヒさんの身体が分解され、私の身体へと吸収され始めます。

「なッ！　なぜ、人間風情が『鉄血』スキルを使えるのだッ！　それは本来、魔獣の類にしか使えぬスキルのはずだッ！」

どうやら、鉄血についての知識は持っていたようですね。そして、やはりこのスキルは人間が本来は習得できないスキルのようです。

だからこそ、ここまで油断できたのでしょう。自分の弱点とも言えるスキルを使われるとは、夢にも思わなかったのでしょう。

「残念ですが、使える人間がここに一人います」

「いや、だとしてもありえぬッ！　鉄血は、我々のようなゴーレムが相手であれば、吸収するには二倍以上のレベル差が必要なはずだ！　魔王軍四天王たるこの私の二倍のレベルを持つなど、それこそ魔王様でもなければありえぬッ！」

身体を吸収されながらも、シューベリッヒさんは再生しつつ問いかけてきます。この間も、私は掌で轟々とすごい勢いでシューベリッヒさんを吸収していきます。

「ほうほう。ちなみに、シューベリッヒさんのレベルはお幾つですか？」

「九十八だッ！　人間どころか、魔王軍でもここまでのレベルに到達している者はほとんど居ないッ！」

「おお、それならギリギリだったみたいですね。私、レベルは二百と少しあるものでして」

「そ、そんなわけがあるかッ！　人間の最高レベルなど、歴史を鑑みても百を超えた程度がいいところだ！　貴様のようなそこらのおっさんが二百を超えるわけがあるか！」

「いえ、実は私、勝手にレベルが上がるスキルみたいなものを持ってまして」

「ふざけるな！　ズルいぞ！」

言い合いをしながらも、鉄血のスキルで吸収を続けます。ダンジョンのエネルギーで再生を続けるシューベリッヒさんは、強烈な光に包まれています。が、その身体が少しずつ失われ、今では胸より上しか残っていないのが見て取れます。

しかし、こちらも状況が良いわけではありません。鉄血スキルで吸収できる上限が近づいているのが、感覚的に分かります。再生のエネルギーが尽きる方が早いか、それとも私の吸収する上限が早いか。

その後、数十秒の間、状況は膠着しました。私が吸収し、シューベリッヒさんが再生する。が、それも終わりが訪れます。私の吸収できる上限に到達してしまったのです。しかし幸いなことに、シューベリッヒさんの再生も限界の様子。身体の半分以上が失われた状態から変化しません。

「くそ、私の負けだ」

悔しそうに声を漏らすシューベリッヒさん。身体が失われていては、もう戦闘を継続することは出来ません。周囲のゴーレムたちは、所詮ただのゴーレム。私の攻撃力があれば、撃退するのにそう苦戦しません。

つまり、私の勝利です。

「魔王軍の四天王と聞いた時はどうなるかと思いましたが、スキルの相性が良くて助かりました」

私は一息吐きつつ、そんなことを呟きます。実際、私の戦闘能力はステータス面では人類の最高峰程度。それを超える勇者を必要とするほどの戦力を持つ、魔王軍相手では少々心許ない強さと言えます。

しかし、幸いなことに鉄血というスキルが味方してくれました。また、シューベリッヒさんが金属製の魔物ではなく、宝石や岩石類の魔物であれば詰んでいた可能性もあります。

この勝利は運が味方してくれたものだ、と言えるでしょう。

「貴様のような異常者が我が計画を嗅ぎつけた時点で、負けは確定であったということか。もはや、逆らうまい。殺せ、人間よ」

シューベリッヒさんは、覚悟を決めたような声で言います。

生かすべきか、という選択も考えますが、ここは殺す他ないでしょう。王国に対するテロ行為を企んだ相手を生かしていては、今後王国側に付くとなった場合に大きく不利です。反対に、魔王軍へ恩を売るにしては、小さすぎる恩と言えます。

ここはシューベリッヒさんの望み通り、決着をつけましょう。

「それでは」

私はスキル『貧乏ゆすり』と『鉄血』を発動。先程吸収したばかりのオリハルコンを足に纏い、微小な刃を振動させます。

そして、シューベリッヒさんの頭部を蹴り抜きます。

ごりっ、という音を立てて、シューベリッヒさんの頭は削り落とされ、破壊されます。すると身体はビクリと一度震えた後、力を失ったように崩れ落ちます。

こうして、突如発生した魔王軍四天王との戦いは決着を迎えました。

戦闘が終わり、子どもたちと有咲さんが待つ場所へと戻ります。

戦闘後にミスリルゴーレムの群れの処理もしていたので、帰還は明け方になってしまいました。

もしかしたら、子どもたちが起き出しているかもしれません。あるいは、有咲さんの判断で脱出に向けて動き出しているのかもしれません。

などと考えていましたが、それらは杞憂だったようです。子どもたちはミスリル製の岩に擬態したプレートの下で眠ったままです。そして、有咲さんはじっと私の帰りを待っていたようです。

私が姿を見せるなり、こちらへと素早く身を寄せてきます。

「おっさんっ！」

そして、有咲さんは私に抱きついてきました。

「無事で、良かった」

少しだけ、震えるような声でした。

かなりの不安を感じさせてしまったようです。姪っ子を悲しませるとは、叔父さん失格ですね。

「すみません、有咲さん。遅くなりました」

「うっせ、ばーか。そんなの、いいんだよ」

有咲さんは、腕の力を強めて私にぎゅっとしがみつきます。きっと、こうして安全が戻ってきたことを実感しているのでしょう。

「異常事態は、解決しました。犯人も倒しました。なので、もう安全ですよ」

私は、安全を示すように語ります。そして震える有咲さんを慰めるように、頭を撫でます。少々子ども扱いが過ぎるかな、とも思いましたが。有咲さんは拒否せず、受け入れてくれます。

「安全とか、そういうのじゃねーだろ。分かれよ、ばか」

有咲さんはそう言って、私の方を睨んできます。

どうやら、私の言葉は不適切だったようですね。

理由は、もちろん分かりませんが。

「すみません、有咲さん」

「いいよ」

言って、有咲さんはずずっ、と鼻をすすります。そして私から身体を離すと、手で目の周辺をゴシゴシと強く拭きます。

そしてニコリ、と笑ってこちらに向き直ります。

「んじゃ、そろそろこいつら起こした方がいいんじゃねーか？　危なくないんだっつっても、早く帰るに越したことはねーだろ？」

確かに、有咲さんの言う通り。シューベリッヒさんが生み出したゴーレムを全て撃退したわけでもありません。子どもたちを早めに王都へ帰還させるのは良い選択と言えるでしょう。

時間的にも、十分な睡眠時間は取れているはずです。そろそろ起床し、行動を開始してもいいでしょう。

「そうですね。では、子どもたちを起こしましょうか」

「おう」

その後。私たちは子どもたちと共に、難なくダンジョンを脱出しました。道中は強力なゴーレムと遭遇することもありませんでした。

子どもたちをそれぞれの帰るべき場所に送り届けた後は、ギルドへと報告に向かいました。ダンジョン内で、ゴーレムの発生に異常があった、と。

魔王軍の四天王によるものであったことは言いません。これは、今後の動きを考えると私だけの知る情報としておいた方が有意義でしょうから。

しかし、今回のような異常が今後も起こるかもしれない、という話はしておきました。人為的なものかもしれない、ということも指摘しておきました。

これで、王国は魔王軍のテロという可能性を考え、マルチダンジョンの警備、警戒を強化するはずです。第二、第三の異常事態は防げるでしょう。

とまあ、なんだかんだとありましたが、結果的に見れば良いことばかりです。子どもたちのレベルは急上昇。有咲さんのカルキュレイターにも期待が持てると判明。普通なら入手困難な、膨大な量のオリハルコンをこっそりと入手。魔王軍の動きについても、私だけの握る情報が増え、王国に対し一つ有利になりました。

危険こそありましたが、それ以上の成果があったと言えるでしょう。


ダンジョンから帰還した翌日。私は、いよいよカルキュレイターに関する『実験』を試みることにしました。

以前から、有咲さんのカルキュレイターというスキルには目を付けていました。ですが、その利用法に関しては、多岐にわたるためはっきりとは決まっていませんでした。

しかし、今回のダンジョン探索でスキルの性能についてかなり具体的な見解が得られました。なので、以前から考えていたとある方法を試してみようと思います。

「で、何するつもりだ？」

有咲さんを呼び出し、店の裏手に来てもらいました。私は地面へ次々と魔法陣を書き込んでいきます。

作業を続けながら、今回の実験の概要について話します。

「単純で、自然な話です。以前から、私が付与魔法を学び続けていたことは、有咲さんもご存じですね？」

「おう。それのお蔭で、おっさんはいろいろ魔道具を開発できてんだろ？」

「はい。私が持つスキルを様々な物品に付与することで、普通の人には開発不可能な魔道具を低コストで生み出す。そのお蔭で、私の店は現在かなりの利益と知名度を得ることに成功しています」

最初は照明魔石から始まり、今では多種多様な雑貨、冷蔵されたお酒を扱っています。いずれは今回手に入れたオリハルコン等を利用し、戦時の特需を狙った武器、防具の販売にも着手する予定です。

が、今回はそうした商品開発とは別の視点で付与魔法を使います。

「で、そうした経緯からも自明な通り、付与魔法はスキルを付与することも可能なわけです」

「そりゃ、そうだろうけど。何が言いてぇんだよ？」

「カルキュレイターは、スキルですよね？」

私が言うと、有咲さんはハッと気付いたような顔になります。

「おっさん、まさか！」

「はい、付与魔法で、有咲さんのカルキュレイターを私に付与してみようと思います」

単純かつ、自然な選択。私が付与魔法の魔法陣を描き、これを有咲さんに使用してもらう。そうすることで、有咲さんのカルキュレイターを私は一時的に使用可能になります。

生物のような、代謝のある存在は付与したスキルが時間経過で剥がれてしまうという難点があります。が、それでも十分です。少しの時間でも、私がカルキュレイターというスキルを使用可能になればどうなるか。

無数の廃棄スキル。そして私がこの世界に来てからお世話になり続けている『完全記録』により蓄えた、膨大な情報。

私の知能では到底処理不可能な、膨大な情報です。これらを全て、カルキュレイターで処理できるとしたら。

未だに私自身でさえ想像もしていないような、素晴らしい解が得られるでしょう。

「けど、おっさん。それって大丈夫なのかよ？　カルキュレイターって、女神から貰ったスキルだろ？　そんなのを付与して、危なくねーか？」

どうやら、有咲さんもその可能性に気付いたようですね。

「確かに、チートスキルを他人に付与する危険性というのはあります。あまりにも強すぎるスキルですから、持ち主自体が女神の力でスキルを使用可能なように魂、あるいは肉体を変質されているということも考えられます」

「じゃあ、やめといた方がいいだろ！　危ねえだろ、そんなもん！」

「はい。確かに危ないので、他の人には薦められません。ですが、リスクを考えても得られる利益があまりに大きい。それも、利益そのものは確定しているも同然です。それに比べ、チートスキルの付与でデメリットが発生するのは可能性に過ぎません。その程度についても不明。まあ、即死しない限りは十分に元が取れますよ」

それに、即死の可能性は極めて低いでしょう。それほどの悪影響が人体にあるのだとすれば、女神様の力で魂や肉体を変質させるにしても、その影響がはっきりと現れると考えられます。

有咲さんを見る限り、そうした目に見えた変質は観測できません。つまり、即死するほどの大きな悪影響をチートスキルが及ぼす可能性は極めて低いと言えます。

「でもさ、おっさん。即死する可能性はゼロじゃねーんだろ？」

「まあ、それは事実ですね。しかし、それを言えば冒険者として活動をするのも、先日のダンジョンでの異常事態も、命の危険はありました。そうした賭けに出る場面は、今後も数多くあるでしょう。今回だけ避けることに、大きな意味があるとは思えません」

私の理屈を聞いて、有咲さんは不満げな表情を浮かべながらも黙り込みます。一応は、納得していただいたと考えていいでしょう。

そうこう話しているうちに、魔法陣を描き終えました。あとは、これを有咲さんに起動していただくだけです。

「では有咲さん、お願いします」

「けっ。分かったよ。やりゃいいんだろ、やりゃあ！」

やけくそといった感じで、有咲さんは引き受けてくれました。

私は所定の位置に立ち、有咲さんは魔法陣に手を触れ、魔力を流し込みます。

そして付与魔法が発動して、光が生まれます。魔法陣から滲(にじ)み出た光は、やがて私を呑(の)み込みました。身体が光に包まれて、そして。

私の意識は、プツンと途切れました。

気がつくと、私はベッドの上に眠っていました。風景から、ここは有咲さんの部屋だと分かります。窓の外を見ると、どうやら時刻は夜。

付与魔法による反動で、かなりの時間を眠っていたようです。

「ふむ」

周囲を見回すと、ベッドの傍らには有咲さんが居ました。椅子に座り、私を見守るような位置で、うたた寝をしています。

きっと、私を看病してくれていたのでしょう。

有咲さんの思いやりが嬉しくて、ついにんまりと笑みがこぼれてしまいます。

が、それよりも今は考えるべきことがたくさんあります。

まず、付与魔法は成功でした。一瞬でしたが、確かに私はカルキュレイターらしい力を得て、膨大な情報を処理したことにより得られる解、つまり無数の知識を手に入れました。

それこそ一瞬のことだったので、完全記録スキルに保存してある全ての知識を検証できたわけではないはずです。

しかし、それでも十分すぎるほどの素晴らしい解を得ることが出来ました。

まず、今まで私の考えてこなかったスキルの組み合わせを発見しました。これは期待していた効果ですし、さほど驚きはありません。やはり、私の知能では全てのスキル同士のシナジーを検証し尽くすのは難しかったのだと言えます。ほとんど把握もしていないスキル同士の組み合わせや、既に知っているスキル同士の思わぬ組み合わせなどもありました。

そして次に、魔法陣に関する知識が得られました。

こう言ってしまうと、非常に乏しい結果のようにも思えますが、実際はとんでもない成果であると言えます。

そもそも、私はシュリ君から貰った本や、自分で入手した本などを読み、付与魔法を始めとするあらゆる魔法陣についての知識を蓄え続けてきました。

その情報も、もちろん完全記録スキルによって保存してあります。

そうした無数の魔法陣に関する知識の中には、いわゆる未解決問題、つまり研究による発展途上の情報や、未だ実現されていない空想の技術等が含まれていました。

カルキュレイターは、そうした無数の未解決問題を、あっさりと解決してしまいました。

これは、言うなれば私が魔法陣の専門家の最先端を行くことになったのも同然です。未解決ということはつまり、シュリ君でさえ解決できていない問題ですからね。それら全てを理解できるようになった私は、この世界中の全ての魔法陣の専門家よりも深い知識を手に入れたようなものです。

そして、こうした魔法陣の知識は、今までの魔法陣が抱えていたあらゆる問題を解決します。エネルギー問題や、付与魔法で言えば付与の難易度の問題。そうした問題が解決されたならば、自由度は一気に広がります。

それこそ、私でさえ今まで不可能だった類の付与魔法が実現可能になります。

これにより、もたらされる利益は莫大です。間違いなく、私が今後の計画を進める上で有利に働くでしょう。

最後に。これは二つ目の知識、付与魔法の魔法陣とも関係のあることなのですが、別枠と言っていいほど重要な解を得ました。

それは、正直に言うと最強と言って差し支えない技術、知識です。

その知識に従い、付与魔法を実行すれば。私はきっと、この世界において何者にも負けないほどの圧倒的な力を得ることが出来るでしょう。

しかし、それには一つ難点があります。

「あ、おっさんっ！　起きてたのか！」

有咲さんが、不意に目を覚ましました。私は不穏な考えを振り払うように笑顔を浮かべます。

「良かった。マジ、倒れた時は焦ったんだからな。鼻と目と耳から血ぃ出して倒れやがって。心配させんなよ。ふざけんなよ、おっさん」

言いながら有咲さんはポカポカ、と弱く肩を叩いてきます。

「それは、申し訳ありませんでした。今後は気をつけます」

「ホントだよ。もう、二度とこんな無理すんなよ。嫌だからな、こういうの」

「はい、気をつけます」

無理をしません、とは約束できません。だから曖昧な返答をするしかありません。が、有咲さんも私がそうした意図を持っていると気付いているのでしょう。不満げに、口をへの字に曲げています。

が、今はこれ以上追求してきません。

「とにかく、無事で良かった。マリアさんが、差し入れに晩飯作って置いてってくれてるからさ。

それ持ってくる」

「はい、ありがとうございます」

有咲さんは言うと、部屋を出ていきます。恐らく一階のウォークインで冷蔵しているのでしょう。事務所にある調理器具で温めてから持ってきてくれるはずです。

やはり、私の姪っ子は、本当はとても優しい子です。

だからこそ。やはり私は、最強になる選択肢を取るべきではないでしょう。

なぜなら、他ならぬ有咲さんを犠牲にする必要があるのですから。

私がカルキュレイターを使用して導いた、私を最強にするための付与魔法。それは、有咲さんの命さえ危険に晒す、外道(げどう)の技術です。

助けてあげたいと思っている人を犠牲にしては、元も子もありませんからね。

やはり、この技術は使うべきではない。封印するべきでしょう。

私は記憶の奥底に、その技術に関する知識を押し込みます。

こんな力を使わなくて済むように、と祈りながら。

第三章　モテ期、到来

　ダンジョンで一騒動を乗り越え、数日後。私はオリハルコンという交渉材料を得たので、マルクリーヌさんとシュリ君を呼び出しました。

　十分な資金が得られた時は、と以前から考えていた、付与魔法による魔道具の工場についてです。今回、カルキュレイターによって付与魔法が効率化され、より小規模な工場でも採算が取れそうだ、という目処が立ちました。

　なので、早めに土地を確保してしまいましょう、という算段に至ったわけです。

　そうした経緯でマルクリーヌさんとシュリ君を呼び出し、今はお店の事務所の方で三人顔を合わせて座っています。

「で、乙木殿。今回の用件は何かな？」

　マルクリーヌさんが話を切り出します。

「はい。実は、こんなものを手に入れたのですが」

　そう言って、私はテーブルの上にゴトリ、とオリハルコンを置きます。途端、驚いた様子でマルクリーヌさんが飛び上がります。

「おっ、オリハルコン！　そんなものを、どうして乙木殿がっ？」

「経緯については秘密です。しかし、こうしてここにオリハルコンが存在するのは事実です」

　言って、私はシュリ君の方に視線を向けます。

「ふむふむ。確かに、これは間違いなくオリハルコンだよ」

　シュリ君の目利きでも、オリハルコンであることは保証されました。これで、マルクリーヌさんもオリハルコンがここにある事実を受け入れてくれるでしょう。

「しかし、そのような貴重な金属を私たちに見せて、乙木殿は何をしたいのです？」

「ええ、実は欲しいものがありまして。このオリハルコンと交換でどうでしょうか、という話なのですが」

　オリハルコンを換金しようにも、大量すぎると買い手がありません。なので、こうしてオリハルコンの実物を、需要がありそうな相手と直接交渉に出すのです。

　具体的には、軍の人間と宮廷魔術師。どちらも、オリハルコンのような貴重で優秀な金属があれば、様々な場面で有効活用できるでしょう。

「なるほど。オリハルコンで鎧でも作れば、前線での将兵の損耗を抑えることができるでしょう。剣であっても、今まで撃退困難であった魔物を屠るのが容易くなります」

「宮廷魔術師としては、研究材料として幾らでも欲しいところだね」

　二人共、今回の交渉について前向きに検討してくれるようです。

「で、乙木殿はこのオリハルコンをどの程度用意できるのですか？　ここにあるだけで全部というなら、さほど魅力的な報酬は約束できませんが」

「そうですね。では、とりあえず十トンほど用意できますが、それだけあれば十分でしょうか？」

「オリハルコンを、十トンもっ？」

　また、マルクリーヌさんは驚きの声を上げます。今度はシュリ君まで、表情を変えて驚いています。

　オリハルコンは、重量に関しては鉄より軽く、一トンで一辺が六十センチメートル程度の立方体になります。

　十トンですから、この立方体が十個。縦に積めば六メートル。聳え立ちます。希少金属がこれだけの量、まとめて手に入るのです。驚くのも無理は無いでしょう。

　まあ、私の鉄血スキルは、それより遥かに多い量のオリハルコンを吸収してあるのですが。重量に換算すれば、数百トンにはなるでしょう。

　一気に出してしまわないのは、交渉のためです。個人的にも、オリハルコンは抱えておきたい希少金属です。可能なら、支払うオリハルコンは少ない方がいい。ですので、相手の出方を見て、こちらから提供するオリハルコンの量を変えます。

「十トンのオリハルコンと引き換えに、オトギンは何が欲しいのかな？」

　シュリ君が、肝心な部分を訊いてきます。これに、私は予め用意してあった答えを返します。

「土地が欲しいですね。それも、ちょうど王都のスラム方面の、さらに向こう。外壁の外にある土地を頂きたいと思っています」

　私が土地について要求すると、二人は呆けたような顔になります。

　そして、先に疑問を口にしたのはマルクリーヌさんでした。

「なぜ、乙木殿はそのような土地が欲しいのですか？　これだけのオリハルコンがあれば、貴族街の土地でも買えるでしょう。それに、王都を囲む外壁の外ともなれば、安全の保証が無い。何をするにしても不都合すぎるのでは？」

「はい。普通ならそうでしょうね。しかし、私が土地を欲しい理由から逆算すれば、外壁の向こう側の方が都合が良いのです」

そう言って、私は事情を説明します。

まず、工場を建てるには大きな土地が必要です。王都の中は、どこも既に建物が建っています。街の中に新しく工場を建てるとすれば、立ち退きの交渉やその対価等で、余計な手間がかかります。多少の空き地はあるでしょうが、工場を建てるには不都合でしょう。

また、工場を建てるとすれば騒音、廃棄物、取水等の問題も考えなければなりません。突然出来た工場から騒音が日夜響いていては、近隣住民はたまったものではないでしょう。産業廃棄物は処理の問題もありますから、外に造れば解決という話ではありません。ですが、あえて街の中に造っても公害となるリスクを抱えるだけです。

そして、スラム方面の外壁を少し離れたら、それほど大きくはありませんが川が流れています。そこから水を引けば、工業用水の問題は解決します。

こうした複数の理由があるため、私はスラム方面の土地を要求しました。少なくとも、王都の近くで工業用地としてこれ以上に良い条件の土地は存在しないでしょう。

「なるほど、事情は分かった」

マルクリーヌさんは頷きます。

「王都の外の土地であれば、こちらとしても安い支払いだ。是非、この交渉には乗らせてもらいたい」

　そして、マルクリーヌさんが手を伸ばします。交渉成立の握手です。私はこれを受けて、がっしりと握り返します。

「ボクの方からも、上にお願いしておくよ。ボクとマルマルの二人で要求すれば、まず間違いなく通るだろうからね。土地は手に入ったものだと思ってもらっていいよ」

「おお、それは助かります。それで、頂く土地の範囲についてですが。できれば川沿いの土地が含まれるようお願いできませんか？」

「もちろん。そこは言い含めておくつもりだよ」

「ありがとうございます」

　私とシュリ君は、そうして取引の細かい部分を話し合い、詰めていきます。

　すると、不意にマルクリーヌさんが笑みをこぼします。

「どうかしましたか？」

「いや。単に、感心していたんだ」

　感心、と言われても、思い当たる節がありません。私は理由を問いたげな視線をマルクリーヌさんに注ぎます。

「初めて乙木殿と会った時、不思議な人だと思っていた。そして、この人は勇者の側ではなく、きっと私たち騎士団が守るべき人間の一人なのだろう、と感じたよ」

　確かに、言われてみればそういう扱いを受けていたような気もします。

「それが、気付けば城を出て独り立ちしていた。守るべき者から、騎士団の根底を支える市民の一人となった。そして今では、こうして対等な交渉事を持ちかけられるほどになっている。いろいろな意味で、今の乙木殿は私にとって対等な友人になった。目まぐるしく変わる状況と、それでいて着実に進歩していく乙木殿を、素晴らしい人だ、とふと思ったのだよ」

マルクリーヌさんは、感慨深げに言います。確かに、最初の出会いから今の状況を想像するのは難しいでしょう。

思えば、随分と私も変わったような気がします。

「ありがとうございます、マルクリーヌさん」

「ふふっ。なぜそこで感謝する。妙なところで感謝する癖は健在のようだな？」

私がふと思うまま言葉をこぼしたところ、マルクリーヌさんは愉快げに笑いました。

笑いどころでは無かったのですが、まあいいでしょう。こうした良好な関係を、可能な限り続けていきたいものです。

「これからも、よろしく頼むぞ、乙木殿」

「はい。よろしくお願いします」

私とマルクリーヌさんは、再び握手を交わしました。

さて、工場を造るための土地の目処は立ちました。次にやらなければならないのは、魔道具店の新しい店長の任命です。

何しろ、私は当分の間工場にかかりっきりになります。その間、魔道具店の経営を私以外の誰かに任せなければなりません。

いくら私でも、身体は一つですからね。工場と魔道具店の両方を同時に管理するのは不可能なのです。

そこで新たな店長を任命する必要があるのですが、候補は二人居ます。

一人は有咲さん。開店以来ずっと一緒に店を回してきましたし、最近はカルキュレイターの成長もあって数字の管理は得意です。店の売上や在庫関連の計算を見事にこなしてくれるでしょう。

もう一人はマリアさんです。この近辺の住人でもあり、A級冒険者の夫人であったお蔭で顔も利きます。ご近所の奥様から需要や評判などを聞き出すことも得意です。また、地頭も良く、店を経営する上で必要な知識をすんなり吸収し、今ではパートリーダー的なポジションにあります。

経営判断を任せれば、見事に店を切り盛りしてくれるでしょう。

どちらに任せるかは、まだ決めていません。これから二人と話をして決めようと思っています。

というわけで、まずは有咲さんを呼び出しました。

これから工場を造ること。その関係で店を空けるから、新しい店長を探していること。それらを説明した上で、有咲さんに依頼します。

「アタシが、店長なんて出来ると思ってんの?」

「はい。最近の有咲さんは真面目に働いていますし、カルキュレイターのお蔭で計算にも強くなりました。お店を任せても大丈夫かな、と思いまして」

私が言うと、有咲さんは眉を顰めます。

「出来るかもしんないけどさ。正直、アタシは自信無いよ。いきなり店を任されたって、どうすりゃいいのか想像できねーしな」

「ふむ、なるほど」

確かに、有咲さんに店の切り盛りまで任せるとなると、少々不安があるのは事実です。

有咲さんの方から拒否されたとなると、あとはマリアさんだけになりますね。

というわけで、次はマリアさんにお願いをしてみたのですが。

「私も、正直難しいと思いますわ」

困り顔で、そう断られてしまいます。

「ちなみに、理由をお聞きしても？」

「ええ。私では、経営判断がお客様寄りになりすぎると思いますから。店を任せられる立場としては、視点が偏っていますわ」

なるほど。マリアさんはご近所の奥様方や、顔見知りの冒険者と仲が良いわけですからね。そうした人たちに寄り添いすぎる判断をして、店としては理想的でない結果を呼ぶ可能性がある、ということでしょう。

確かにその可能性は存在します。が、気にしすぎても仕方のないことなので、ここはあまり深く考えなくても良いのですが。

「どうしても、駄目ですか？」

「はい。適任は、私以外に居ると思います」

どうやら、意思は固いようです。

これは、どうにかして対策を考えなければなりませんね。

魔道具店の新しい店長問題についての解決策を取るため、私はとある場所に顔を出しました。

時刻は早朝。冒険者ギルドです。

「暇すぎるぅ～」

ギルドの中に入ると、受付嬢のシャーリーさんがぼやき声を上げていました。

「お久しぶりです、シャーリーさん」

「えっ？　お、乙木さん！」

相当驚いたのか、シャーリーさんはシャキッと姿勢を正します。

「本当に、お久しぶりですね。今日はなんの御用ですか？」

「はい。実はシャーリーさんに良いお話を持ってきたのですが」

「良いお話？」

「ええ。と言っても、本当に良いお話かどうかは考えようによるのですが」

「えっと、そのお話というのは？」

勿体ぶる私を急かすように、シャーリーさんが問います。私は、今日ここに来た目的であり、新店長問題を解決する一手となる言葉を口にします。

「貴女を引き抜きに来ました。シャーリーさん。私の店で、働いてみませんか？」

私がシャーリーさんの引き抜きという案を思いついたのには、幾つかの理由と経緯があります。

まず、新店長問題についてです。私が新店長に、と考えていた有咲さんとマリアさん。二人に断られたことで、新店長に相応しい人材が居なくなってしまいました。

そして、二人がそれぞれ拒否する理由として挙げたのは、能力不足。つまり、それを補う何かさえあれば、二人は新店長を務めてくれるという意味でもあります。

ですが、それは単純に解決できる問題ではありません。

元々、私は二人のどちらかを店長に、そしてもう一人を補佐役として店の運営を任せるつもりでした。

しかし、有咲さんとマリアさんの組み合わせでは、肝心の問題点、つまり能力不足を補い合うことが出来ないのです。

有咲さんとマリアさんが不足していると感じているのは、店長としての経営判断力、そして視野の広さです。有咲さんをマリアさんが補佐すれば幾らか補うことが出来ますが、それでもマリアさんが必要と感じているレベルには達することが出来ません。

つまり、二人のどちらに店長を任せても、結局同じ部分が不足するわけです。

そこで、私はその不足部分を補う人材を雇おう、という方針を固めました。

店側の立場で、店舗経営に関する判断が可能な人材。そんな人を雇い入れることができれば、マリアさんの不足部分をフォローできます。

むしろ、マリアさんと二人に分権するのもいいかもしれません。そして二人の判断を、有咲さんが実際の数字等からカルキュレイターで取捨選択する。

つまり三人にそれぞれ別の役割と仕事を任せて、三人でお店を経営してもらう、という形です。

いきなり店長という大きな役割を任せるよりは、私が居ない間の補佐、という名目で三人に役割を分担する方が気楽にできるかもしれません。

そうなると、新たに雇い入れる人材には即戦力性が求められます。そして、複数人数で仕事を共有し、役割分担して働く経験のある人だとなお良いでしょう。

これらの条件を踏まえ、ギルドの受付嬢であるシャーリーさんが適任だという判断に至りました。ギルドの受付嬢は、普段から冒険者を相手に納品や依頼における折衝を行っています。冒険者側ではなく、ギルド側の都合を考慮した上で、です。

つまり、大前提となる『店の都合を考慮した経営判断』をするための下地は十分にあると言えます。

また、普段から金銭のやり取りを任されている立場でもあるため、私の店での即戦力性もあります。少し仕事を教えるだけで、すぐにでも一人前の従業員になれるでしょう。

そして同じ受付嬢同士で仕事を共有する経験もあるはずですから、役割分担にも慣れているでしょう。

そうした理由から、私はギルドの受付嬢を、その中でもシャーリーさんを引き抜くことに決めました。

私が冒険者として活動していた頃からの、最も付き合いの深い受付嬢ですからね。人となりも把握しているので、声を掛けやすかったという理由もあります。

というような事情を、私はシャーリーさんに説明しました。

前提として私の店が今どういう状況にあるのか、ということから話さなければならなかったので、かなり長時間話し込んでしまいました。

が、おおよそ必要なことは全てお伝えしました。

「いかがでしょう。私のお店で、働いていただけませんでしょうか？」

私が尋ねると、シャーリーさんは考え込むような仕草を見せます。

そして数秒の沈黙の後、答えを口にします。

「実は、乙木さんの居なくなった冒険者ギルドが退屈だなぁ、って思ってた部分もあるんです」

「ほうほう、なるほど」

確かに、かつての私は大量かつ多種多様な薬草を毎日納品していましたからね。しかも専属受付嬢。仕事の密度で言えば、私が居た頃の方が濃いと言えるでしょう。

「なので、もしも乙木さんのお店であの頃みたいな充実した仕事が出来るなら、そのお話に乗りたいです」

「そうですか、ありがとうございます」

やり甲斐を理由に、交渉するまでもなく一発で引き抜き成功です。

断られた場合は、受付嬢という仕事が若いうちしか成り立たない等の理由を挙げ、将来の保証等を交渉材料にするつもりでしたが。どうやらそうした小細工は不要だったようです。

「では、近日中に詳細を詰めていきましょう」

「はい！　是非、よろしくお願いします！」

どうにか話がまとまりそうで、ありがたいことです。

これで、新店長問題も解決するでしょう。

シャーリーさんを引き抜き、私の魔道具店に来てもらうことが決まって約半月。つい先日、実際にシャーリーさんに働いてもらい、様子を見ていましたが、なかなか良好です。

マリアさんには売り場全般を、シャーリーさんには販売計画、企画を担当してもらうことになりました。

売り場については、既に顧客と顔なじみでもあり、ノウハウもあるマリアさんに任せました。一方で、あくまでも商品の売れ行きや利益率等から何を売りたい、何についてはコストを抑えたい、などといった部分はシャーリーさんに考えてもらうことにしました。

初日に一通り必要な知識をシャーリーさんに叩き込んだ後は、実際に店舗で平店員に混ざって現場を経験してもらいました。その上で、マリアさんとは違う視点から経営判断を下してもらいます。

予想もしていなかったことですが、シャーリーさんは恐ろしく呑み込みが早く、翌日には売り場に関する提案を出せるほどでした。

「実は私、情報処理系のスキル持ちなんです！」

と、自慢げに教えてくれたシャーリーさん。ステータス自体は見せてもらえませんでしたが、呑み込みの早さから言ってスキル持ちであることは間違いないのでしょう。

考えてみれば、ギルドの受付嬢はなかなかの激務。多様な仕事をこなしつつ、並行して冒険者を相手に接客もしていたのですから、それぐらいの能力があって当然なのかもしれません。

思い返してみれば、シャーリーさんは専属受付嬢として大量の薬草納品を処理した後、普段の受付嬢の業務もこなしていたわけですからね。そうした仕事に有利なスキルが無いと、むしろやっていけないレベルの激務だったのでしょう。

　逆に言えば、スキルに恵まれているからこそ、普段の受付嬢としての業務に不満足感を覚えたのかもしれません。

　なんにせよ、シャーリーさんは想像以上の早さで仕事を覚えてくれています。

　さらに言えば、三人の連携についても非常に良い状態になっています。

　シャーリーさんは自分自身がスキル持ちであり、マリアさんは元A級冒険者の妻。スキルの重要性をよく理解しているからこそ、有咲さんのチートスキル『カルキュレイター』による判断を尊重してくれます。

　お蔭で、二人の意見が対立しても、有咲さんが最終判断を下すことで不和を起こすことなく、しかも素早い取捨選択が出来ています。

　実際に三人体制にしてみて分かりましたが、私の想像以上に上手く噛み合っています。

　これは、私が工場の方に労力の全てを割ける日が来るのも近いでしょう。

　とまあ、そんな話を三人それぞれに話してみました。これからもこの調子で頼みます、という意味を込めて。

　すると、三人それぞれから思わぬ反応が帰ってきました。

「上手くいくかもしんねーけどさ。でも、たまにはちゃんと店の方に顔出せよ。アタシら二人で始めた店なんだからさ。おっさんが居なくなると、なんつーか、寂しいじゃん」

　と、少しイジケたような様子で言ってきたのは有咲さん。どうやら、魔道具店に思い入れを持ってくれているようです。嬉しい限りですね。

しかも、私が居なくなると寂しいとまで言ってくれました。叔父冥利に尽きます。

「はい。もちろんです。私も、有咲さんの顔を見たいですからね。会いに帰ってきますよ」

「ばっ、ばーか！　そういうのじゃねーから！」

有咲さんは顔を赤くして、そっぽを向きます。

我が姪っ子は、やはり良い子で可愛らしいですね。ちゃんと幸せにしてあげたいとつくづく思います。

そして、有咲さんの次に話をしたのはシャーリーさんでした。

「あの、乙木さんは新しい仕事を始めても、魔道具店から手を引くわけじゃないんですよね？」

「ええ。工場の方が落ち着けば、またお店の方に戻ってきますよ。まだまだ店を大きくしたいですからね」

私が言うと、シャーリーさんは安堵したような表情を浮かべます。

「それを聞いて安心しました。なら、私は乙木さんがいつ帰ってきてもいいように、このお店を守り、育てていきますね！」

「はい、お願いします」

「待ってますから。ちゃんと」

そして意味ありげなウインクをしてみせた後、仕事に戻っていきました。

最後にマリアさんに話をすると、少し難しい顔をしてこう訊かれました。

「その話、シャーリーさんにも同じようなことを言ったのですか？」

「ええ。それが何かしましたか？」

私が問うと、マリアさんは呆れたように息を吐いてから説明してくれます。

「はぁ。乙木様は常識に欠けるところがあると思っていましたけれど。これぱっかりは少し良くありませんわね」

「それは、なんと。詳しく教えていただきたいですね」

「ええ。成功した冒険者が足を洗って個人の店を持つ時に、自分の専属受付嬢を引き抜く。それって、普通は恋人や愛人など、女性を囲う意味を持ちますの」

言われて、一瞬頭の中が真っ白になります。

そしてすぐに再起動して、ここ最近のシャーリーさんの様子を思い返します。

「ああ、なるほど。囲っておきながら、仕事を任せたら自分はどこか別の場所へ出ていってしまうというのは、不誠実な男性に見えますすね」

「見えると言いますか、実際不誠実ですわね。シャーリーさんはなんと言っていましたか？」

「工場の方が落ち着いたら魔道具店に戻ってくる、と説明したら安心していただけたようでしたね」

「間違いなく、嫁に貰われるつもりでいますわね」

なるほど、なるほど。ははぁ、そういうことだったのですか。

「この問題は先送りにさせていただきます」

「近いうちに話し合っておかないと、ひどいことになりますわよ？」

「ええ。しかし、良い案を思いつくまでは藪蛇にならぬよう素知らぬフリをするのが無難かと」

マリアさんがジト目で、私を睨んでいます。

ええ、分かっています。どう考えてもクズの所業です。しかし、さすがに知らぬうちにプロポーズをしていたというのは、対処に困ってしまいます。

「ですので、しばらくこの話に関しては秘密、ということでお願いできませんでしょうか？」

「まあ、仕方ありませんわね。無駄に状況を掻き乱しても、混乱するだけですもの」

そう言って、マリアさんはまたため息を吐きます。

「そもそも、乙木様ほどの甲斐性があれば、三人共を囲っても何も不自然ではありませんけれど。覚悟を決めてもらうのが、正直言って一番の解決策ですわ」

「あの、待ってください。三人というのは何の話です？」

私が言うと、マリアさんのジト目がさらに鋭くなります。

「私と、シャーリーさん。それに有咲さんですわ」

「有咲さんまで、ですか？」

「世間的に見れば、乙木様はシャーリーさんを囲ったわけですもの。そのシャーリーさんと同格か、それ以上の立場で同じ店を任せているのですから。普通は、全員を愛人として囲っているものと見られますわよ。実際、私も今日つい先程までそう考えていましたわ」

なるほど。元冒険者という肩書きはそういう風に見られるものなのですか。現代日本と感覚が違いすぎて、予想だにしていませんでした。

「中でも、有咲さんは私とシャーリーさんよりも付き合いが長いですし、スキルの関係とはいえ最終決定権をお持ちですから、てっきり正妻としてお迎えするものかと思っていましたもの。今日になって『工場に集中するので店は任せた』と、絶縁状のようなことを言われて、正直かなり動揺しましたわ」

「いや、本当になんと言いますか、すみません」

とにかく、こればかりは謝るしかありませんね。

「まあでも、そんな乙木様を支えていこうと決めたのですから。こうして既成事実が出来たのは良いことだと思わせていただきますわ」

「え、あの、私はまだ結婚をするつもりは」

「これで私たちを愛人としても囲っていただけないとなれば、逆に私たちが問題のある女だと世間に思われてしまいますのよ？　その責任、取っていただけますよね？」

確かに、マリアさんの言う通りです。私が私の都合で行動した結果、三人の悪評を流すことになるのは良くありません。

下手をすれば、その悪評が原因で結婚できない、という状況だってありえます。

まさか、このような形で問題が発生するとは。予想外の事態ですが、しかし対処しないわけにはいきません。

「すみません、この件については保留で」

「ええ。良いお返事、お待ちしておりますわ」

マリアさんは、最後だけニッコリと、満面の笑みを浮かべて言いました。

どこか威圧的な笑顔に見えるのは、私の気の所為(せい)ではないのでしょう。

マリアさんに指摘された問題に関しては、ひとまず保留しておいて。私は、とりあえず工場の話を進めることにしました。

後日、マルクリーヌさんから売る土地に関する手続き等があるため、王宮に来てもらいたい、と呼び出されました。

なんでも、ただ土地を売るだけだと体裁が悪いので、国へ莫大な利益をもたらしたことを賞して名誉貴族に叙爵するとのこと。

爵位は一代限りのものですが、土地は爵位ではなく褒賞として国から与えられるので、個人資産として扱われるのだとか。まあ、つまり肩書だけ貴族になるというわけです。

その関連の手続きと、簡単な叙爵式を執り行うとかで、王宮に出頭することとなりました。

で、今日がその当日。今はマルクリーヌさんの執務室で、先程説明した通りの話を聞かされたところです。

「なるほど。で、私は今日は何をすれば良いのですか？」

「とりあえず、ここで書類関連の処理を済ませてしまいましょう。午後に叙爵式があるのですが、それまで暇となってしまうでしょうし、応接室なりなんなりで時間を潰していただければ。難しい式ではないので、始まる前にでも手順を覚えてもらえれば問題ありません」

「なるほど」

つまり、王宮を比較的自由に見て回る時間がある、ということです。

恐らく今でも勇者たちは王宮に居るはずです。全員を戦場に駆り出すとは思えませんから、少なくとも何人かは残っているはず。

そんな勇者たちに接触するチャンスとも言えますね。

「ところで乙木殿」

「はい？」

「ついに身を固めるつもりになったらしいな？」

何を言われたのか咄嗟に分からず、私は身動きをピタリと止めてしまいます。

身体を硬化させるスキルはあっただろうか、とか関係ないことを考えてしまうほどです。

身を固める、つまり結婚。

私が受付嬢のシャーリーさんを引き抜いた話は、どうやらマルクリーヌさんにまで伝わっていたようです。

「どこでその話をお聞きに？」

「巷ではかなりの噂になっているらしいぞ。あの洞窟ドワーフが嫁を貰うらしい、とな」

自分の外見の話題性が高いという事実を、つい忘れがちになります。

なるほど、言われてみれば。町内で有名な変なおじさんがある日嫁を貰ってきた。それも三人も。

こんなの、噂が立つに決まっています。

「しかし、それにしてもよく知っておいでですね。あまり街での噂などは気にしない方かと思っていたのですが」

「あまりにも話題になりすぎて、勝手に耳に入ってきたのだ。それで、よくよく聞いてみればその噂の主は乙木殿だというし。私もかなり驚いたぞ。比較的親しい友人のつもりだったが、そんな素振りを一度も見せてもらえなかったからな」

ええ。そもそも、そんなつもりはありませんでしたからね。

とは、さすがに言えません。

「はは、まあ、そうですね」

こういう時は曖昧に笑って曖昧に同意するのが一番です。何に同意したかをはっきりさせなければ、後でどうとでも言い逃れできるという寸法です。

「ふむ。まあ、乙木殿にとって私はそういう人に過ぎなかったということかな？」

「あー、それは、どうなんでしょうかね？」

こうして曖昧に否定するのもまた、処世術の一つです。曖昧な肯定と曖昧な否定、この二つを相手が望む返答に合わせて使い分けることで、なんの答えも返さずに会話をすることが可能になります。

「こうなってしまったから正直に言うが、実は私も乙木殿のことは狙っていたのだよ」

「は？」

急にマルクリーヌさんが、寂しげな表情を浮かべて爆弾発言を投下してきます。

今の話の流れで、なぜそれを暴露するつもりになったのでしょう。そして、狙っていたとはどういうことでしょうか。マルクリーヌさんもまた、私に嫁として貰われることを計画していたのでしょうか？　謎は尽きません。私は詳細を問いたげな視線をマルクリーヌさんに向けます。

「そう困った顔をしないでくれ、乙木殿。単なる暴露話だ。今さらどうこうするつもりはない」

多分、マルクリーヌさんの想定外の方向で私は困っているのですが。まあ、説明するわけにもいきません。流れに任せて詳しい話を聞いてしまいましょう。

「いつからですか？」

「初めてお会いした日から。あの日、私の仕事を優しく労(ねぎら)ってくれた。そんな経験は、初めてだったよ。讃(たた)えられることは数あれど、一国の騎士団長を前に初対面で労いの言葉をかける男などは居なかった。だから恐らく、一目惚(ぼ)れだったのだろう」

随分と、感慨深げに話し込むマルクリーヌさん。重い。話が重い。そして責任が重いです。今の私には、手に余りすぎる問題です。

「あの日から、私はつい考えるようになってしまった。なんのしがらみもなく、ただ帰るだけで労い、温かい言葉を掛けてくれる家があればどれだけ幸せか、と。それを考えると、急に寂しいという気持ちが膨れ上がったのだ。いわゆる結婚願望、というものを初めて意識した。そして同時に、思い浮かぶのは乙木殿。貴方の顔だった」

話を聞くほどに、マルクリーヌさんの本気度が伝わってきます。正直、私は彼女を攻略したつもりが無かったので、完全に寝耳に水です。

こうなると、嬉しさ半分、焦り半分といった気持ちになってしまいます。確かに好かれていることは嬉しいですが、どう対処して良いのか分からず焦りも湧き上がります。

「それに気付いて以来、私はずっと乙木殿を狙っていたよ。今回だって、名誉貴族となれば結婚まで一歩前進だな、と勝手に舞い上がっていたぐらいだからな」

「あの、それはなぜでしょうか？」

「騎士団長ともなれば、貴族にも準ずる地位だ。名誉貴族やその子息でなければ、格が釣り合わない。そういう問題が解消されて、私に追い風が吹いてきた、と思っていたのだよ。まあ、気のせいだったわけだが」

はぁ、とため息を吐くマルクリーヌさん。

いやいや。正直、こっちだって吐きたいぐらいですが。あまりにも話がこじれすぎて、悲鳴を上げたくなります。


「あー、マルクリーヌさん。その件なのですが、思われているような状況ではありませんよ」

私はマルクリーヌさんの誤解を解くために、どうにか言葉を選びつつ、弁明します。

とはいえ、シャーリーさんへの対処が決まっていない状態であまり詳細な話を広めたくはないので、具体的なことは言えません。

結局、曖昧な言い訳を連ねることになってしまいます。

「実は結婚と言いますか、まだそこまでの状況ではないと言いますか」

「は？　どういう意味だそれは？」

マルクリーヌさんが眉を顰めます。責められる前に、上手く責任を誤魔化しましょう。

「いえ。別に将来的に結婚するつもりが無いというわけではないんです。ただ、特定の女性を養う上で、まだ私は十分な立場を得てはいませんので。将来的なことを考えますと、状況はいくらでも変化しうるものですし。そうした場合でも、きっちり養うべき人を養える財力、守るべき人を守る権力が得られるまでは、身を固めるつもりは無いんですよ」

　私はどうにか、具体的な事情には触れずに自分の状況を説明しました。要するに、この世界で安全を得て、勇者たちを保護するまでは結婚できない、という意味です。

　戦争の道具となる子どもたちや有咲さんを安全に保護するのが優先すべき目標ですからね。だというのに、自分から結婚なり子づくりなりをして、守るべき人を増やすのは負担が大きくなりすぎます。

　もちろん、私を慕ってくれる方々に対して相応の責任を取るつもりではありますが。最優先ではなく、あくまでも状況が落ち着いてからの話になります。

　マルクリーヌさんは私の目標についてある程度把握してくれているはずですから、そうした事情についても察してくれるはずです。

「なるほど、そういうことか」

　マルクリーヌさんは何度も頷きます。どうやらご理解いただけたようです。

「つまり、然るべき地位があれば、三人に限らず奥方を増やすつもりであると。そこに誰がこれから名を連ねるかも分からない。しかし名誉貴族程度では、例えば私のような貴族に準ずる地位の者を複数人娶(めと)るのは難しい。故に、これからさらなる地位向上を図っていく、というわけだな？」

　全く理解していただけませんでした。

　困りましたね。こうなると、詳細を話さなければ勘違いを正すのは難しくなります。

　私がついに全てを打ち明けようか、と迷っていたところ。マルクリーヌさんはさらに追い込みを掛けてきます。

「そういう事情であれば、仕方あるまい。乙木殿が私を貰ってくれるほどの名士になるまで、待つことにしよう」

なぜか、マルクリーヌさんの脳内では自分も嫁になることが確定しているようです。恐らく、私が嫁を増やすために地位向上を図っている、という勘違いが原因でしょう。

なぜ嫁を増やすために地位向上する必要があるのか。それは相応に高い身分の女性を嫁に貰うため。そして私の交流関係から言って、一定以上に親しく、かつ高い身分の女性といえばマルクリーヌさんぐらいなものです。

要するに、マルクリーヌさんの解釈間違いは、そのままマルクリーヌさんを嫁に貰うことを意味してしまうのです。

なんともまあ、ややこしい勘違いをしていらっしゃいますね。この誤解を解くのは非常に難しいでしょう。

となれば。私に出来ることは一つだけです。

「もしもいつか、そういった大切な女性が出来た時は、私から必ず迎えに行きます」

「っ！　それは、楽しみだな！」

厄介事は全部後回し。

断言さえしていなければ、後でなんとでも言い訳できます。

と、思い込むことで現実逃避をさせていただきましょう。

「うーん、困りましたね」

私はボヤキながら、王宮内の中庭を歩きます。

シャーリーさんに引き続き、マルクリーヌさんまで勘違いさせてしまいました。多くの女性に言い寄られるのは大変嬉しいのですが、今は都合が悪い。身を固めるには早すぎます。

最低でも、まずは工場を成功させなければなりません。私自身が動かなくても、私自身が動くよりも大きな利益を生み続ける仕組みが必要です。

そうなれば、本当にシャーリーさんやマルクリーヌさんを嫁に貰っても問題無いでしょう。自分の時間を持ちつつ、力を蓄え続けることが可能なはずです。

要するに、今のまま成長を続ければ問題無い、ということになります。

しかし、そう上手くいくのかどうかは分かりません。そもそも勘違いが始まりですから、どこでどう話がこじれるかも予想がつきません。

勘違いを真実に、つまり私が本当に皆さんを嫁に貰えば全て丸く収まるのですが。しかし今すぐに、というわけにもいきません。この先、事態が急変しないとも限らないわけです。

となると、解決策として皆さんを娶る、というだけでは済まない可能性もあるわけです。

「しかしまあ、考えても仕方ありませんね」

結局、そうした結論に落ち着きます。私は独り言を呟きながら、何周目かも分からない中庭の徘徊を終えます。

そろそろ応接室に戻りましょう。叙爵式の打ち合わせをする頃合いです。

「おや？」

ふと、視界の隅で何かが動くのが見えました。顔を向けると、どうやら一人の少女がこちらの様子を窺っているようです。

「どうかなさったのですか?」

私は少女に近寄りながら、様子を観察します。表情が読み取りづらいほど、髪を長く伸ばした少女。見覚えがあります。召喚された勇者たちの一人。確か、名前は七竈八色さん。ミステリアスな外見と特徴的な名前の組み合わせで、よく記憶に残っています。

そんな少女が、何やら私と話をしたそうにしています。何があったのかは分かりませんが、これは好都合。勇者側の人間と繋がりを作る良い機会です。

「何か言いたいことがあるのですか?」

「えっと、あの」

私が問うと、七竈さんはためらいがちになりながらも、口を開きます。

「ついに、迎えに来てくれたのですね! 愛しの人!」

「は?」

そして、突拍子の無い発言に付いていけず、変な声を上げてしまいます。

「あの、どういうことですか?」

「ずっとお待ちしていたんです。お優しい貴方は、きっと罪を犯した私をいつか許し、迎えに来てくれると信じて!」

事情が全く読めませんね。罪がどうとか、私にはさっぱり分かりません。

「ええと、よく分からないのですが。詳しく教えてもらえませんか?」

「はい！　なんなりとお聞きくださいさい、愛しの人！」

「まず、その愛しの人というのはなんですか？」

私が問うと、七竈さんは首を傾げます。

「言葉通りの意味です。私にとって愛しい人ですから、そう呼んでいます」

「私が、七竈さんに好かれているのですか？」

「覚えて、いらっしゃらないのですか？」

悲しげな顔をする七竈さん。しかし、何も知らない以上、この子の期待に応えてあげることは出来ません。

「そうですね、覚えていないのでしたら、全て包み隠さずお話ししましょう」

「はあ。お願いします」

どうやら、七竈さんの方から事情を話していただけるようです。

「あれは、私が中学三年生の頃でした」

ほうほう。となると、まだ現代日本に居て、この世界に召喚される前の話ですね。面識は無いはずなのですが、私の思い違いなのでしょう。

「根暗で友達の居なかった私は、ある日貴方様が働かれているコンビニにお弁当を買うために立ち寄りました」

まあ、ありうる話です。そこで何かが起こったがために、恐らく七竈さんに顔を覚えられたのでしょう。

「そして会計を通し、買い物を終えた時でした」

「ほうほう、それで？」

「貴方様は、この私に『ありがとうございました』と、笑顔で優しく言ってくださいました」

「まあ、店員ですからね」

「その日から、私は貴方様の優しさに心を奪われたのです」

「えー、さっぱり分からないのですが」

急に話が飛んだので、理解が追いつきませんでした。

「つまり、私はあの日の優しさに一目惚れしてしまったのです」

「そう、ですか」

なるほど。

つまりこの子は、どこかおかしい人なのでしょう。

七竈さんについて、少し考えてみます。

会計時の私の一言で、私に一目惚れをした、とのこと。優しくされたのが嬉しかった、と。まあ、こちらとしては業務上やらなければならないことをやっただけなのですが。

しかし、そうした言葉がふと心に沁みることもあるのでしょう。世の中誰もが健全な日々を過ごせるわけではありませんからね。心が荒んでいる時であれば、たとえコンビニ店員の一言でもグッと来るのかもしれません。

と、考察してみましたが。どっちにしろ違和感というか、不可解さは拭えません。

降って湧いたような不自然な好意というのは、正直嬉しさよりも不気味さの方が勝ってしまいます。こうして説明を受けても理解できない場合は、特に。

ここは、神経を逆撫でないい方が良いでしょう。七竈さんを刺激しないように配慮しつつ、より詳しく話を聞き出します。

「では次の質問です。ずっとお待ちしていた、というのはなぜですか？ 私を王宮で待っていたのですか？」

「はい。貴方様を裏切った私は、もうお側に居る資格は無いと思いました。なので、貴方様が私を許し、迎えに来てくれるまでは近づかないと決めていたのです」

「ええと、その裏切りというのは？」

「召喚された日のことです。私は、口下手なあまり咄嗟に何も言えず、追放される貴方様を庇うことができませんでした」

確かに、あの日の私は公開処刑のようなことをされました。それを庇わなかったとなれば、罪悪感を覚えるのにも頷けます。

「しかし、だからといって側に居る資格は無い、とはどういうことですか？ それに、迎えに来てくれるまで、というのもよく分からない理屈ですね」

「言葉通りの意味です。私はいつも貴方様の側に居ました。でも、罪を犯した私はもう側に居てはいけなかったのです」

ほうほう、いつも側に。

急に背筋に寒気が走ります。

「その、いつも、というのはどの程度の話ですか？」

「っ！　ご、ごめんなさい愛しの人！　本当なら、二十四時間いつでもどこでも貴方様の側に居たかったんです！　でも、学校に通いながらだとお昼休みと放課後から日付が変わるまでが限界で、一日の半分も一緒に居ることは出来ていませんでした！」

申し訳なさそうな顔で、頭を下げる七竈さん。しかしまあ、申し訳ないと思うならむしろ放っておいてほしいですね。

つまり話を要約すると、こうです。

七竈さんは、ある日突然レジで挨拶をしてくれた私に一目惚れした。

それ以来、お昼休みや放課後の間はずっと私の側に居た。

ですが、私は七竈さんの姿に見覚えがありません。

となると、七竈さんは私の近くに居ながら、私に見つからないように姿を隠しつつ、私を監視していたことになります。

ストーカー、というやつですね。

「正気ですか？」

「はい？　私は、いつでも正気で、本気です！」

両手でグッとガッツポーズをする七竈さん。可愛らしい仕草ですが、そんなもので私は騙されませんよ。貴女は、紛れもなく犯罪者です。

「四六時中私のことを見ていたということは、私のことをかなり知っておいでのようですが」

「はい。愛しの人のことについては、この世の誰よりも存じ上げている自信があります！　例えば、ご自宅の鍵の予備は封筒に入れてポストの裏に忍ばせて隠してあることとか、成人向け雑誌は生身の女性よりも漫画の方が好みだとか、エアコンが壊れた時に室外機を付け替えた位置が微妙に悪くて日の当たる場所だったから冷房の効きが悪いこととか」

お詳しい。普通に怖いですね、これは。

全身から冷や汗が溢れてきますが、表情には出しません。なるだけ友好的な、優しげな笑顔を浮かべるよう努めます。

少しでも機嫌を損ねてはいけません。こういうタイプの人間は、何をしでかすか分かりませんからね。

「これからも、陰ながら私の側に居続けるつもりですか？」

「いいえ。むしろ、迎えに来てくれたのですからもう離れません。堂々と、愛しの人の隣に居続けるつもりです。もう二度と、離れません！」

いえいえ、離れてください。とは、さすがに言えませんね。

「なるほど。しかし、今日のところはこの辺りで。私もこの後、用事がありますので」

私はその場で回れ右をして、七竈さんに背中を向けて逃げ出します。

「お待ちください！」

しかし、その私の前に七竈さんは一瞬にして姿を現しました。

「は、速い！」

「ええ。私は女神様から『超加速』のスキルを頂いていますから。たとえ世界の果てに貴方様が居たとしても、一瞬で追いついてみせます！」

ストーカーに付けてはいけないスキルが付いているようです。

超加速し、逃れることも捕まえることも出来ないストーカー。正直言って、怖すぎます。


逃げることもままならないとなれば、出来ることは一つしかありません。

それは、七竈さんの好意自体を無に還すという手段。私が嫌われてしまえば、もうストーカーされることもありません。万事解決です。

そして都合の良いことに、今日の私は女性に嫌われるには非常に便利なエピソードを抱えています。

そう、何人もの女性を勘違いさせ、嫁に貰う予定である件についてです。しかも私は、煮え切らない態度で全て保留しています。こんなことをバラしてしまえば、あっさり嫌われるに違いありません。

「残念ですが、七竈さん。隣に居てもらうわけにはいきません」

「えっ、どうしてですか！」

ショックを受けた様子の七竈さん。この調子で、七竈さんに現実を突きつけていきましょう。

「実はですね。私は既に、結婚をする予定なのです」

「っ！」

「しかも、四人も。なので、隣に七竈さんを連れていくことは出来ないんですよ」

「そう、ですか」

目を見開く七竈さん。ショックを受けている、ようには見えませんね。何やら様子がおかしい。

「さすが、私の愛しい人。既にそんなに多くの女性を幸せにしていたんですね！」

まさかの、肯定的な解釈。

「あの、四人と結婚するんですが。いいのですか？」

「はい？　何がですか？」

「四股をかける上、七竈さんは嫁に含まれません。それでも、受け入れられますか？」

「はい。貴方様の優しさが、一人の女性だけで受け止めきれるものではないというだけですから。それに、私は妻より上の立場ですよね？　だったら、嫉妬なんてするはずありません」

「な、なるほど」

妻より上とはなんなのか。

理解に苦しみますが、しかし七竈さんとしては問題無いようです。こうなると、もはや理屈ではありませんね。そういう怪奇現象として七竈さんの存在を受け入れる他ありません。

しかし、引き下がるわけにもいきません。さらなるクズエピソードで、七竈さんに嫌われてみましょう。

「しかし、四股だけではありません。実は、そもそも私は妻と結婚するつもりすら無かったのです。ただの勘違いで、女性を四人も捕まえてしまったのです」

「さすがです！　それだけ魅力溢れる貴方様ですから当然ですね！」

「その上、私は勘違いについても黙ったままです。つまり、女性を騙して結婚しようとしているのも同然なのですよ」

「何を言うのですか！　貴方様と結婚できるなら、騙された方が幸せというもの。嘘を吐く優しさも時には必要です！　さすが、私の愛しい人ですっ！」

ふむふむ、なるほど。

何を言っても、意味は無さそうですね。

私はしばらく言葉を失って、呆然としてしまいます。そして少し経ってから気を取り直し、ようやく一言。

「ふむ。なんとなく、七竈さんという人が理解できたような気がします」

「嬉しいです、愛しい人っ！」

感極まった様子で、七竈さんは私に抱きついてきます。

要するに、七竈さんは私の全てを全肯定する怪奇現象そのものです。

つまりそういった性質を逆に利用してやれば、物事を上手く運ぶことも可能なはずです。

「しかし七竈さん。やはり貴女を隣に連れていくことは出来ません」

「な、なぜですかっ！」

「愛ですよ」

「愛、ですか」

私が意味ありげに言ってみせると、七竈さんは真面目な顔で話を聞く体勢に入ります。このまま適当な理屈をでっち上げ、説得に入りましょう。

「愛の形というのは、行動で表現されます。しかし、いつも隣に居ることだけが愛の形ではありません。なぜなら七竈さん。貴女自身がそうなのですから」

「私が、ですか？」

「ええ。隣に居ることが愛の証だとすれば、今まで隣に居なかった七竈さんは、私を愛していなかったことになります」

「っ！」

何かに気付いたように、ハッとする七竈さん。私は意味ありげに頷いてみせます。もちろん、その頷きには実際のところなんの意味もありません。

「そして愛は障害があればあるほど燃え上がる。距離や恋敵を乗り越えた時こそ、その愛はより深い愛なのだと証明できるのです」

「つまり、私にもそうやって愛を示せ、ということですね？」

「私は、何も指示しません。選ぶのは、七竈さん自身ですよ」

最後は、責任逃れの言葉で締めます。しかし意味ありげな言葉と態度が功を奏したのか。七竈さんは、すっかり騙されてくれた様子です。

「分かりましたっ！　これからも、今まで通りでいきます！」

「はい、お願いします」

これで、七竈さんは今まで通り、王宮で私を待ち続けてくれることでしょう。

と、思ったのもつかの間。

「今日から私は、貴方様の最愛の人に相応しく、陰ながら見守り続けますっ！」

見事に七竈さんは、私の予想を覆してくれます。

とはいえ、ストーカーに隣を占拠されるよりはマシでしょう。実際、日本に居た頃もストーキングによる実害は無かったわけですし。常に監視されているという事実さえ忘れてしまえば、なんの問題も無いと言えます。

つまり作戦は成功。私は見事、七竈さんを撃退したも同然なわけです。

「では、七竈さん。私はこれから用事があるので」

「はい、貴方様。私も陰ながら、見守っていますから」

こうして、私はこの場を離れます。

七竈さんは『超加速』のスキルで一瞬にして姿を消し、どこかに身を潜めたようです。既に、どこにも見当たりません。

背筋に走る妙な寒気に気付かないフリをしながら、私は応接室へと戻っていきます。

第四章　勇者達との接触

叙爵式はつつがなく終わりました。全くトラブルも無く、本当に簡単な式でしたので、私とマルクリーヌさん以外に誰も居ない状態でしたが。

たった二人の叙爵式を終え、私はまた王宮内を歩き回ります。

久しぶりの王宮なので、マルクリーヌさんにも少し見て回ってみてはどうか、と提案されたためです。そして、シュリ君にも顔を見せてきてはどうか、という話にもなりました。

なので、今はフラフラと王宮内を見て回りながら、シュリ君の居る研究室を目指しているところです。

ついでに、勇者の誰かと交流できれば御の字です。

既に勇者と出会ったような気がしなくもありませんが、気の所為でしょう。超加速するストーカーが今も私をどこかで見ているのかもしれません。が、やはり気の所為でしょう。

なので、そういったストーカーの類ではない勇者との邂逅（かいこう）を求め、歩き回ります。

時刻も少し日が傾いてきた頃ですし、日中はどこかに出かけていた勇者も戻ってきているかもしれません。

という偶然を狙い、散策していたところ。都合良く、見覚えのある勇者たちの姿を見かけました。

「あれ、乙木さんっ?」

ちょうど正面から歩いてきた三人組のうち、一人が声を上げます。

　その顔はよく見知った顔。勇者称号の中でも、聖女を冠する少女。我が魔道具店の携帯食料『甘露餅』がお気に入りで、よく買いにいらっしゃる常連勇者、三森沙織さんです。

　三森さんはトタトタ、とこちらへ可愛らしい仕草で駆け寄ってきます。駆け寄る姿すら、様になるとは。これが女子力というものでしょうか。

「どうなさったんですか？　王宮にいらっしゃるなんて、珍しいですね」

「ええ、まあ。所用で。それも終わったので、顔見知りに顔を出していこうかな、と王宮内をフラフラしていたところです」

「あ、そうだったんですか。なら、今はお急ぎですか？」

「いえいえ。特に決まった用件があるわけではないので」

「そうですか、良かった。お急ぎのところを引き止めちゃったら悪いかな、と思ったんですけど、平気みたいですね」

「ええ、むしろ三森さんとお会いできたなら、こちらとしてもお話ぐらいはしていきたかったぐらいですよ」

　とまあ、私が三森さんと親しげに話を盛り上げていきます。そこに、先程まで三森さんと一緒に居た二人の少年が追いつき、話に入ってきます。

「お久しぶりです、乙木さん」

「ようおっさん！　久しぶりだな」

　礼儀正しく『勇者』の金浜蛍一君が、気さくに『剣聖』の東堂陽太君が声を掛けてきます。このお二人とは、かなり久々の顔合わせですね。勇者称号の四人が揃って私の魔道具店に来た日以来、会っていなかったはずです。

まあ、そもそも定期的に交流のある王宮内の勇者というのが『聖女』の三森さんと『賢者』の松里家君ぐらいなのですが。

その松里家君も、何やら最近は忙しいのか顔を出してくれていません。そうした事情もあり、王宮内の様子を知るのに都合の良い伝手を増やしておきたかったわけです。

これも良い機会でしょう。松里家君以外の勇者称号の三人が集まっているのですから、他の召喚された方々を仲介してもらいましょう。

「お久しぶりです。最近どうでしょう、お変わりありませんか？」

「はい。まあ、最近になって僕らは前線に送られることが増えましたが。特に危険も無いので、大きな変化はありませんね」

金浜君の答えに、私は頷きます。勇者の皆さんが前線に送られる頻度は、そのまま戦争の激化を示します。つまり武器や防具等の戦時特需は確実に発生するでしょう。

一つ良い話を聞けました。他にも何か情報が得られないか、と話題を変えます。

「ところで、皆さんはこれからどちらに？」

「晩メシだよ。今王宮に居る奴ら全員で集まって晩メシだ。一応、クラスの結束みてーなやつを維持すんのにそれだけは続けていこう、って話になったからな」

今度は東堂君が答えてくれました。それも、理由まで添えてです。

そして、確かにこれは良い選択です。集団を維持しなければ、王宮に渦巻く魑魅魍魎、つまり政治力に対抗しづらい個人が狙われ、なんらかの不都合な事態を招くリスクが増えます。

ということは、勇者の皆さんも王宮側の人間に対してなんらかの不信感を抱いている、ということになります。

「王宮に、何か不審な動き等はありませんでしたか?」

そこで、私は最も重要な部分を確認します。すると、予想とは異なる答えが返ってきました。

「あぁ、まあそれも多少はあります。でも、一番は身内というか、僕たち召喚された勇者の側に原因があって」

「ほう、それは初耳ですね」

私が興味を示すと、金浜君はニコリと微笑み、こう言います。

「どうでしょう、乙木さん。せっかくですし、夕食をご一緒しませんか?」

この話の流れで、この誘い。単に夕食を一緒に食べたくて誘った、というわけではないでしょう。

「是非、こちらこそ」

私も笑みを浮かべて、金浜君の提案を受け入れます。

「それは良かった。では、行きましょう」

こうして、私は勇者の皆さんと夕食を共にすることとなりました。

食堂に向かう道中で、金浜君は事態の概要を説明してくれました。

「異変に気付いたのは勇樹でした。クラスメイトの中から、義務訓練に出ない人が不自然に増え始めたんです」

義務訓練とは、召喚された勇者の皆さんに対して王宮が施す教育の一つ。戦闘訓練のことです。これに加え、座学や礼儀作法について叩き込まれながら、必要な時は勇者として国の各地に駆けつける。というのが、松里家君からも聞いていた勇者の一日の過ごし方です。

極論ですが、これは学校の仕組みと似通っているため、勇者の皆さんはすんなり受け入れることが出来たようです。日々の座学や礼儀作法が授業であり、義務訓練は体育。勇者としての派遣は季節ごとの学校行事に当てはまります。

そして、受け入れられたからこそ、多くの勇者は従っていました。

なのに、ある日状況が変わった。

「そこで勇樹は、原因が何かあると考えて、探り始めました。それで、もう一つの異変に気付いたんです」

「もう一つ、ですか」

「ええ。王宮の人間の中に、不自然に非協力的な態度を取る者が複数居たんですよ」

「不自然な、と言いますと。それはどの程度の？」

「露骨に顔を顰めたり、話題を突然明後日の方向に逸らしたり。そして、それだけ露骨に何かを隠していながら、誰もが妙に堂々としていました」

なるほど、確かにそれは不自然ですね。

普通なら隠し事はもう少し上手く隠します。そして、上手く隠せないのならそれに怯え、態度に出ます。

しかし、不自然な王宮の人間は、堂々と、かつ不器用に隠し事をしているのです。肝が据わっているか、あるいは馬鹿であればそういうこともあるでしょう。

ただ、ケースとしては極めて少ないはず。なのに、同じような態度の人間が何人も見つかった。

この全員が馬鹿、あるいは肝の据わった人間である、というのは考えづらい。

「当然、勇樹も誰か第三者の関与を疑い、情報を集めました。その結果、犯人の目星はあっさり付きました」

「それはどちらさまで？」

「うちのクラスメイト、召喚勇者の一人。内藤隆です」

と、名前を言われても咄嗟には思い出せません。

「見た目はかなり派手ですから、覚えてませんか？　灰色の髪に、唇にピアスを着けた男です」

言われてみると、そんな男が居たような記憶はあります。

「内藤のスキルは『洗脳調教』といって、目の合った人間を自分の支配下に置き、どのような命令でも聞く奴隷のようなものに変えてしまうスキルなんです」

スキルの性能まで聞くと、状況が呑み込めてきました。

「なるほど、その洗脳調教のスキルで王宮の人間が支配され、変わってしまったのですね？」

「お察しの通りです」

金浜君は頷き、さらに説明を続けます。

「勇樹が調べた結果、どうやら不自然に変化した王宮の人間、そして俺らのクラスメイトは、みんなここ最近になって急に内藤と親しげにしているらしいんです。元々、俺らのクラスでも爪弾き者だった不良の彼が、そんな交友関係をあっさり築けるわけがありません。間違いなくスキルを使ったんだろう、って勇樹は言っていました」

金浜君の語った推測は、確かに納得の出来るものです。嫌われ者が、ある日突然人々に好かれるというのはありえません。どれだけ功績を積み、心を入れ替えたとしても。それまでの日々の積み重ねが、壁となって立ちはだかります。

だというのに、内藤君という子は急に友達が増えた。そして洗脳調教というチートスキル持ち。状況証拠は真っ黒です。

「ただ、勇樹にもそれ以上のことは分からなかった。内藤が人を集めて、クラスメイトに義務訓練をサボらせて、何をするつもりなのか。危険性も、何一つ分かっていません」

まあ、こればかりは仕方ないでしょう。行動から推測できるものが何もありませんし、直接聞くわけにもいきません。明確に敵対する態度を取っていない以上、藪蛇になる可能性だってあります。

「なので、だからこそ勇樹は今現在洗脳を受けていないはずのクラスメイトを集めて、団結する必要があると考えたんです。最初は俺と陽太、それに沙織に話を打ち明けてくれました。そこからは、俺たち四人で人を集めて、対内藤グループを結成した感じですね」

「なるほど、経緯はおおよそ分かりました」

私は金浜君の話を聞き、納得したように頷いてみせます。そして、追加で質問を。

「聞いておきたいのですが、現在の勢力図は、内藤君グループと金浜君グループの他には無いのですね？」

「ええ。内藤の方を俺らは内藤組、って呼んでます」

「で、こっちが金浜組な！」

「おい、陽太。その呼び方はやめろって言ったろ」

東堂君が話に割って入ります。そんな東堂君を、金浜君は肘で小突いて牽制。東堂君は、素知らぬ顔をしてまた黙ります。

「で、他にもどちらの勢力にも加担していない人も何人か居ます。例えば、七竈さんなんかはどちらのグループでもないですね。声を掛けたんですが、普通に断られました」

金浜君がなんでもないことのように名前を口にしました。が、私は嫌な名前を聞いてしまい、少しドキリとしてしまいます。

恐らく私以外の誰かの下に付くつもりは無い、とかそんな理由で断ったのでしょう。

とまあ、話をしていたら食堂に到着しました。

「さあ、着きました」

言って、金浜君がやはり先導するように食堂へと入ります。

私もその後を追います。勇者の皆さんを取り巻く事情を知り、そして勇者の皆さんと繋がりを持つために。

食堂には、既に金浜組のほぼ全員が集まっているようです。

「見た感じ、今日余裕があった人は勇樹以外全員居るかな。さあ、乙木さんも適当に座ってください」

「ええ。今日はお招きいただき、ありがとうございます」

私は感謝を述べつつ、席に座ります。

ちなみに、勇者一同の食事は特別待遇。集まった人数分で用意されるので、私がここで一人増えたとしても許容範囲内なわけです。

私が席に座った後には、三森さんと東堂君も座ります。そして金浜君だけが、席につかず立ったまま話を始めます。

「みんな、集まってくれてありがとう。今日は普通に情報交換をするだけのつもりだったけど、偶然にも良い協力者を得たので紹介するよ。では、乙木さん」

場を仕切るようなことを言っておきながら、金浜君は、私に自己紹介をするよう促してきます。

まあ、別に問題はありませんし、このまま金浜君の要求に応えましょうか。

「皆さん、初めまして。乙木雄一という者です。皆さんと共に召喚された、しがないおっさんです。今は街の方で魔道具店を経営しております」

簡潔に今の自分について説明し、自己紹介を終えます。これで十分だったのか、金浜君は満足げに頷きます。

「乙木さんのような、外部の協力者は貴重だからね。みんな、仲良くしてほしい」

金浜君の締めの一言に、皆さんそれぞれ小さく口々に返事をします。

「じゃあ、次はこっち側の自己紹介といこうか。僕と勇樹、陽太に沙織は面識があるからこれでいいとして。じゃあ、仁科（にしな）さんから順番にお願いします」

金浜君は、隣に座る東堂君の、さらに隣に居る少女に視線を飛ばしながら言います。少女は頷き、立ち上がります。

「私は仁科雪（ゆき）。女神に貰ったスキルは『魔法無効化』。で、あと沙織の幼馴染（おさななじみ）。沙織に変なことするつもりなら、私が容赦（ようしゃ）しないから」

威嚇するような視線を飛ばしつつ、仁科さんはまた席に座ります。三森さんに対して何かするつもりはありませんが、注意はしておきましょう。仁科さんの機嫌を損ねるようなことがあると面倒そうですからね。

続いて、仁科さんの隣に座る男子が自己紹介のために立ち上がります。

「俺は真山正蔵（まやましょうぞう）！　チートスキルは『絶対鑑定』だ。よろしくな！」

気さくに調子よく名乗りを上げた真山君。しかし、喋り方や身振りに違和感があります。気さくな言動に不慣れなのか、無理をしているのか。そうした印象を受けます。

「コイツ、自分のスキルがすごいからって調子乗ってるから。おっさんも変に相手しない方がいいよ」

補足するように、仁科さんが言います。

「ちょっ！　おま、そりゃねーだろ。実際俺の『絶対鑑定』、マジ神だから！　転生チートものの中でも定番のチートスキルだし！」

慌てて反論する真山君。なるほど、言動から推察するに、彼は自分のスキルの力を過信するあまり、気が大きくなって日頃の態度が豹変（ひょうへん）してしまったのでしょう。周囲の不興を買うのも頷ける話です。

「まあまあ、喧嘩しないで。自己紹介も終わってないんだから」

金浜君が仲裁に入って、真山君と仁科さんの喧嘩は終わります。続いて、隣に座っていた女性が席を立ちます。

「私は鈴原歩美。元々は、高校の養護教諭だった者です。転生時に貰ったスキルは『完全回復』です」

　簡潔な自己紹介と共に、鈴原さんは席に座りました。確かに、外見からして学生には見えない年齢です。養護教諭だったのであれば頷けます。

　続いて立ち上がった隣の女性も、恐らく同年代でしょう。というか、見覚えがあります。少しふくよかな体型の、私好みの女性。前にも同じような感想を抱いた記憶があります。

「私は木下ともえ。この子たちのクラス担任でした。スキルは『暗殺術』なんですけど、正直いまいち使い方が分からなくて。お役に立てていない状況なんです」

　スキルの説明をした段階で、しょんぼりとした表情を浮かべる木下さん。そんな木下さんをフォローするように、東堂君が口を開きます。

「いやいや、ともちゃんはクラスのみんなのために頑張ってんじゃん！　気にすんなって！」

「そうですよ、先生。先生が居なければ、今頃クラスメイト全員、バラバラになっていたはずですから。心の支えになってくれた先生の存在は大きいです」

「ううっ。ありがとね、陽太君、蛍一君」

　東堂君に続き金浜君のフォローも入り、木下さんは気を取り直したようです。

　そして、自己紹介は木下さんで全員です。

「一応、ここに居る人たちで僕らの勢力は半分ぐらいでしょうか」

　金浜君が、勢力についての説明をします。

「半分、ですか。残りは全て、内藤組に？」

「いえ。内藤組はもっと少ないですよ。他は中立、というか孤立しています。王宮の誰かと繋がりを持って、そっちと深く関わってたり。どちらとの関わりも拒否したり。状況を見てから動くつもりだったり。ほんと、いろいろです」

「なるほど」

「だからこそ、勇樹は急いで味方を作ろうとしたんでしょうね。正直、乙木さんに声を掛けたのも勇樹の指示ですし。あいつに言われなければ、外部の人を頼って味方につける、なんてこと思いもしなかったでしょうから」

　さらなる補足説明で、おおよそ状況が分かりました。松里家君が内藤君の不穏な動きに気付いた頃には、もう既に勢力図が出来上がりつつあった。だからこそ、急いで味方を作り、勢力図を変え、自分たちの身を守るために有利な材料を欲した。

　そのためには外部の人間、私までも巻き込む必要があったのでしょう。金浜君が、面識の少なさにもかかわらず妙に下手というか、丁寧な態度であることにも合点（がてん）がいきました。

「で、その肝心の松里家君は今日は居ないのですか？」

「いえ。居るはずなんですが、王宮に帰ってくるなり自分の部屋に引きこもっちゃって。もうすぐ来るとは思うんですが」

　と、私と金浜君が話をしている時でした。

　食堂の扉が勢いよく開き、バァンッ、と大きな音が響きます。

「遅れてすまなかったな！」

そして、聞き覚えのある声。松里家君の声です。全員が食堂の扉の方を向き、私も同じく向きを変えます。

で、意味が分からず首を傾げます。

「遅かったな、勇樹」

「ふん。化粧直しをしていて時間がかかったんだ。仕方ないだろう？」

なんと、そこには見知らぬ女性が立っていたのです。

どう聞いても男の、それも松里家君のものとしか思えない声を発する女性が。


どう見ても女性の、声だけ松里家君の何者か。その人は、ごく自然なことのようにこちらへと歩いてきます。

「遅かったね、松里家くん。お化粧、そんなに崩れてたの？」

「ああ。ベースメイクからやり直したから時間がかかったぞ」

「ふふ。異世界まで来て、しっかりお化粧してるのが男の松里家くんだけってのも、面白い話だね」

そして、謎の人物と聖女の三森さんは自然に会話を交わします。しかも、あたかも松里家君が謎の人物の正体であるかのように。

「あの、金浜君」

「はい？」

「彼女は、いいえ、彼ですか？　どちらにせよ、何者なんですか？」

「あれ、乙木さんは知らなかったんですか？　あれが勇樹ですよ。松里家勇樹。なんでも、ある目的があるからって、変身魔法に改良を重ねて、ニューハーフ魔法とかいうものを編み出したんだとか。それ以来、普段はニューハーフの姿で生活してるんですよ」

衝撃の事実を知らされました。ニューハーフ魔法。まさか、そんな魔法があるとは。

いいえ、松里家君が改良して作ったのですから、無かったのでしょう。

存在しなかった魔法を編み出してまで、なぜ女性のような姿に。そう問いそうになり、すぐに口を噤みます。

何しろ、原因に心当たりがありましたから。

「おや？　乙木さんもいらしてたんですか！　それならもっと化粧に力を入れてきたんですが」

「そ、そうですか」

「この姿じゃ分かりにくいかもしれませんが、僕です。松里家ですよ。ほら、目元なんかに元の僕の名残りがあるでしょう？」

と言われて観察してみるものの。咄嗟には見分けがつきません。完全記録スキルを駆使してかつての松里家君の顔と比較し、かろうじて分かる程度。

どう見ても、女性の顔です。化粧をした男とは一線を画する女らしさがあります。

「これであの時の約束、果たしてもらえますね？」

「約束と言うと？」

「とぼけないでください。僕が女性らしくなればオーケーだと言ったのは乙木さんではないですか」

松里家君に言われ、確定します。やはり彼が魔法で姿を変えてまでやりたかったこととは、私との性行為。

いつだったか、松里家君に好意を告げられた時の話ですね。完全な男性相手では無理だ、という話になったはずです。

だからこそ、彼は逆転の発想で自分が女のようになればいい、と思ったのでしょう。そのために、ニューハーフ魔法なるものまで開発し、姿を変えた。

「約束、守っていただけますね？」

ずい、と松里家君の顔がこちらに迫ります。気付けば、松里家君は自然と私の隣の席に座っています。逃げられません。

そもそも約束をしたわけではなかったような気がします。しかし、女らしければイケる、と言ってしまったのも事実。

「そ、それについては後程話しませんか。今はそういう話をする場ではありませんので」

「確かに。これは失礼しました」

ひとまず、話を逸らして誤魔化します。

今のうちに考えておきましょう。実際のところ、松里家君と性行為に及べるかどうか。

声は完全に男ですが、体に関してはシュリ君以上に女性的です。裸になれば、イケなくもない気はしてきます。

しかし、声は完全に男なんですよね。

いざ行為に及ぼうとなった段階で、戦意喪失する可能性もあります。

となると、安易に松里家君と行為に及ぶわけにはいきません。せっかく努力してまで得た身体が受け入れてもらえないとなれば、相当なショックでしょう。

結果的に傷つけてしまうとすれば、行為に及ぶのは避けるべきでしょう。

「で、なんの話をしていたんだ？」

「ちょうど、乙木さんにみんなの自己紹介が出来たところだよ。内藤のことも話した」

「そうか、それなら話は早い」

松里家君は頷き、金浜君から話の進行を引き継ぎます。

「さて、今日集まってもらった本来の目的は、今後について話し合うためだ。そこに乙木さんが居てくれるのは、非常に都合がいい」

「今後って、何かすんのか？」

東堂君が訊くと、松里家君は首を横に振ります。

「こちらから大きな動きを取ることはない。内藤組を刺激するのも、王宮を刺激するのもまずい。まずは僕たちの活動を支える何か、下地が必要だ」

「王宮って、いっつも言ってってっけど、そんな警戒するもんかね？　良くしてくれてんじゃん。戦争には駆り出されるけどさ。俺らからしたら楽勝な相手ばっかだし」

「アホかお前は」

東堂君が反論しますが、それに松里家君は呆れたような声を漏らします。

「何度も言ってるが、今が良ければ後々も同じだ、とは限らんだろう。既にクラスメイトが何人も王宮側に付いている」

「そりゃ、良くしてくれる貴族さんのとこに居た方がいろいろいい思い出来るわけじゃん？」

「そしてお返しに、と多少の無理な願いでも聞いてしまうわけだ。国の陣営に付く、というのはつまり使い潰されることでもある」

「そこまでするかね、この国が。今んとこ、常識的だし。変なことして、俺らと敵対するのも良くないって思うんじゃねーの？」

「だから僕らを孤立させているんだろう。個別の貴族に僕たち勇者を分離させれば、少なくとも団結することは出来ない。使い潰すための下準備が出来ていると言っても過言じゃないな」

「ふーん。ま、俺は疑いすぎだと思うけど」

納得しないながらも、東堂君は話を切り上げます。これについては、話し合っても埒が明きませんからね。結局は、信用するかしないか、という話に尽きますし。

「なんにせよ、僕らは団結し、目下内藤組の脅威に備えなければならない。そのためにクラスメイト全員に当たったが、集まったのはこれだけ。王宮内でも味方となりうる勢力を求めてみたが、芳しくない」

「そりゃ全員敵だって思ってたらなぁ」

「おい陽太」

松里家君に小言を言う東堂君と、それを制する金浜君。

見る限り、こちらの勢力も一枚岩というわけではなさそうですね。内藤君の不審な動きに対する脅威ありきで集まった烏合の衆、といったところでしょうか。

そしてだからこそ、松里家君は動いたのでしょう。こうでもしなければ、組織立ったまとまりを作ることは不可能そうですし。

「そこで、次にやるべきは外部、つまり王宮の外の勢力を頼ることだ。本来は、どこでどういう勢力と接触するかを話し合う予定だったが。幸い、今日は乙木さんが居る」

その言葉で、私へと皆さんの視線が集まります。

「どうでしょう、乙木さん。貴方がこれからやろうとしていることについて、教えていただけませんか？　その内容によっては、僕らも協力できる部分があるかと思います」

なるほど、そういう流れですか。

ここは求められた通り、お話ししましょうか。私の近況について。


私は現在の計画について話しました。

まずは工場を建設予定であること。そちらに本腰を入れて、大きな利益を挙げるつもりであること。そのために、今日ちょうど名誉男爵を叙爵したこと。知られても問題のない情報です。

逆に、私が工場を建て、名誉貴族にもなって何をしようとしているのか。そこについては説明しません。

そういった内容を一つずつ話すごとに、皆さん驚いているようでした。

全てを話し終えると、すぐに松里家君が口を開きます。

「なるほど、おおよそ状況は理解できました。やはり、乙木さんと組んだのは正解でしょうね」

言いながら、悩むように頭を押さえ、考えている様子の松里家君。何を言うつもりなのか、と少し待っていると、すぐに話が再開します。

「やはり、乙木さんと協力する体制がいいでしょう。が、商人あるいは工場主としての乙木さんに、こちらから支払えるものが無い。あまり不審に思われず、しっかりと協力体制を築くとなると、選択肢は少なくなります」

「少ねーっつうか、あんのかよ？」

東堂君が文句をつけますが、松里家君は迷わず頷きます。

「戦力の提供、という形が一番だろうな。僕らは幸いにして勇者であり、チートスキルを持ち、ステータスも優れている。その強さは、この世界で非常に貴重な域にある」

「そんなもの、気軽にどこかへ好き勝手提供させてくれるかしら？」

懸念(けねん)を口にしたのは、元養護教諭の鈴原歩美さんです。

「ええ。普通ならば難しいでしょう。しかし、乙木さんの工場の場合は状況が異なります」

松里家君が自分の見解を述べていきます。

「まず、乙木さんの工場は王都の外――つまり野生の魔物から身を護(まも)るための外壁が存在しない場所に建設される予定です。となると、そもそも施設を維持するために相応の戦力が必要と考えられるでしょう」

正にその通り。工場の維持には、野生の魔物から施設を守るための戦力が必要になります。

ちなみに、私は自身のスキル『加齢臭』がスキルとして成長した『広域加齢臭』を使ってどうにかするつもりでしたが。それを駆使して、隙を見ては王都を守る外壁のようなものを建築する予定でした。

「そして、工場では今後の戦争で有利に働くような武器、兵器を生産する予定でしたね。となれば、国としても工場には存続してもらった方がいい。そして工場の防衛戦力に騎士を回すよりは、予備戦力として控えている僕たちのような勇者を利用するのが無駄が無くていい」

「なるほど、国の需要と状況、人材が嚙み合うわけね」

鈴原さんは納得したように頷きます。

私も、松里家君の意見には概ね賛成です。多分、王宮側の人間にも松里家君のような考えに至る人は多いでしょう。

ただ、反対する勢力も当然居るでしょう。なので、実現するかどうかは松里家君や私のロビー活動次第、ということになります。

「どうでしょう、乙木さん。この案について」

「私も、大筋では賛成です。ただ、事前に反対意見を潰すか、賛成してくれる人を増やしておく必要がありますが」

「ええ。ですので、それについてはこの後ちょっと考えがあります。お付き合いいただけますか？」

「そういうことなら、もちろん」

私の答えに、松里家君は安心したように頷きます。

「よし、これで決まりだ。勇者の中でも、僕ら金浜組は乙木さんの工場で防衛戦力として雇ってもらう。これを外部のコネクションとして、王宮内での僕らの地位を高めるために利用させてもらう。誰か、質問や意見があれば今のうちに教えてくれ」

松里家君は一同に呼びかけました。が、誰も特に意見は無い様子。ひとまず、勇者金浜組の方針は決まったようです。

「では、今日はこれにて解散！　今後の動きが決まったら、また集まって詳細を詰めよう」

最後に、松里家君が締めて会合は終わります。勇者たちはそれぞれ席を立ったり、そのまま会話を始めたりします。

そんな中、松里家君は僕の肩を叩き、話しかけてきます。

「乙木さん、今からお付き合いいただけますね？」

「はい。ちなみにどこへ？」

「僕の魔法の、いえ、いろいろな意味での師匠の居る場所です」

そう言って、松里家君はニヤリと笑いました。

私は先を進む松里家君に話しかけ、疑問を口にします。

「ところで、気になっていたことなのですが」

「なんでしょうか？」

「ニューハーフ魔法、というのはなんなのですか？」

「ああ、そういえば説明していませんでしたね！」

松里家君は、嬉しそうにこちらを振り返り、話し始めます。私も松里家君が話しやすいよう、足を速めて隣に立ちます。

「まずそもそも、僕が最初に目指したのは一時的な女体化魔法。つまり、性別転換魔法です。これの一部を流用することで、男のまま女性的な肉体を手に入れることを可能にするつもりでした」

「ほうほう。それは成功したのですか？」

「ええ、大成功です。一時的な女体化はもちろん、永続的な女体化も可能です。宮廷魔術師の方、僕の師匠なんですが、そちらの方と一緒に研究することで女体化魔法は完成しました」

なんと、どうやら女体化魔法なるものまで完成していたようです。どうやら、松里家君は魔法研究家として既に一人前の実力があるようですね。

もしかしたら、今後はそういう方面で協力を求めることがあるかもしれません。

と、考えが逸れてしまいました。

「では、ニューハーフ魔法というのはその女体化魔法の一部を流用して完成したのですね？」

「いえ、それがそう上手くはいきませんでした」

残念そうに松里家君は首を横に振ります。

「といいますか。そもそも、研究する過程で初めて明らかになった恐るべき事実といいますか。簡潔に言うと、僕たち召喚された勇者たちは人間ではないようなのです」

「は？」

突然の発言に、私はさすがに驚きを隠せませんでした。勇者は、人間ではない。これは私もまた、人ではない何かであるという意味になります。さすがに他人事では済みません。

「この事実に関しては、まだ一部の宮廷魔術師と僕しか知りませんが。どうやら、勇者とは人間によく似た形の、個別のユニークモンスターのような存在なんです。人間よりも、どちらかというと魔物に近いんですよ。なので、女体化魔法はそもそも人間の肉体構造を前提にしていますから、上手く働かず使えなかったわけです」

「あの、それよりも先に聞きたいのですが」

「はいなんでしょう？」

私は女体化魔法についての説明を続ける松里家君を止め、先に訊きたいことを訊いておきます。

「勇者が、私たちが魔物のような存在というのは本当なのですか？」

「ええ。僕自身がサンプルを提供してまで調べましたからね。間違いありません。分かりやすい証拠を挙げると、例えば髪型や顔です。召喚されてから、既に一年以上の時が経過しましたが、髪が伸びた勇者は一人も居ません」

言われてみれば。確かに、私も髪が伸びてきて切った記憶がありません。これはてっきり、勇者の召喚ボーナスの一つかと思っていたのですが。

「魔物は基本的に、成長であまり姿が変わりません。決まった姿形を維持します。勇者の特徴と一致するんですよ。恐らく、何十年かすれば勇者が魔物同様に不老の存在だということがはっきりしますよ」

「そう、ですか。さすがに少し、驚きを禁じえませんね」

私は気分を落ち着かせようと、深く息を吸い、吐き出します。ともかく、勇者は人間と異なる種の生き物。それだけ分かっていれば、十分でしょう。変に意識する必要は無さそうですし。そもそも自分たちがこの世界の異物であることは、最初からの話です。

ステータスやスキルという異常。それと同様に、種も異常である。ただそれだけの話です。

「では、話を戻します」

　松里家君が言って、本題に戻ります。

「女体化魔法が直接役に立たず、僕という固有の種の構造を変化させる魔法は難しかった。サンプルが取れると言っても、殺して解剖するわけにもいきませんからね。データが足りず、僕を女体化したり、肉体構造を変化させたりする魔法は完成しませんでした」

「なるほど。そうなると、ニューハーフ魔法とはなんなのですか？」

「ええ。そこで逆に考えたんです。肉体構造そのものを魔法で弄る必要は無い。もっと古典的な方法でもいいんだ、と」

　松里家君は、得意げな表情を浮かべながら語ります。

「古来、女性はコルセットを使って体型を矯正しました。他にも纏足等、圧力で身体を矯正し、形を変える手段というのは数多く用いられてきました。ちなみに、この世界にも同様の文化が見られる地域はあるそうですよ」

　その話を聞いて、私も少し察しが付きました。ニューハーフ魔法の仕組みについて。

　ですが、ここは松里家君の話をしっかり聞いておきましょう。説明したがっている様子ですし。

「そこで、僕は肉体そのものに作用する魔法でなく、恒常的に肉体に圧力をかけ、構造を矯正する魔法を作ったんです。男性的な骨格を女性的な骨格に。骨盤や肩幅が分かりやすい部分でしょうか。他にもくびれを作るために腹部を圧迫したりもしています」

「つまりニューハーフ魔法とは、骨格矯正魔法なのですね？」

「ええ。ただ矯正が効きやすいよう肉体に働きかけたり、他にも体脂肪の付き方のバランスを変えたりする効果もあります。これが無いと、体つきが男性的になりますからね。完全な構造変換の魔法は無理でも、その程度の働きかけなら可能だったので、ニューハーフ魔法に組み込みました」

つまりニューハーフ魔法とは、骨格矯正と軽度の変身魔法を組み合わせたものなのでしょう。

「今はまだ、魔法を発動し続けなければいけない状態です。しかし、もう数ヶ月ほどすれば矯正は完成して、魔法の発動も必要無くなります。そこまで時間はかかりますが、ともかくニューハーフ魔法はおおよそ完成したものと見ていい状態です」

「ふむ。ちなみに、松里家君の胸部には膨らみがあるように見えますが、それもニューハーフ魔法ですか？」

「あ、これですか。こっちは別の魔法です。胸板の上にパッドのようなものを生み出す偽乳魔法です。こっちは一日で完成したので、特に言及するようなものでもありませんが」

つまり、松里家君は現在二つの魔法を常時発動しているわけですか。男性が女性的に振る舞う、というのは大変だというのがよく分かります。

これに加えて、仕草等も女性らしさが求められるわけですからね、松里家君の苦労が窺えます。

それほど、私との行為に及びたいのでしょう。となれば、こちらも生半可な態度ではいられませんね。

受け入れるにしても、断るにしても、かなり真剣に考えてあげる必要がありそうです。


ニューハーフ魔法について話をしているうちに、気付けば目的地が近づいていたようです。

「そろそろ、師匠の部屋に到着します」

松里家君に言われて、改めて周囲を確認します。

見覚えのある風景。間違いなく、訪れたことがあります。

松里家君の師匠。ニューハーフ魔法や女体化魔法の開発に協力してくれるような変わり者。魔法の開発まで出来るレベルとなると、恐らくは高名な宮廷魔術師なのでしょう。

それを考慮し、現在位置まで加えて考えると、松里家君の師匠の正体に察しが付いてしまいます。

「着きました。ここです」

言って、松里家君が立ち止まった扉。

間違いなく、ここは宮廷魔術師シュリヴァ、つまりシュリ君の研究室です。

「師匠、僕です！　松里家です！」

松里家君が扉に向かって呼びかけます。すると、扉は勝手に開きます。

部屋の中には、やはり予想通りシュリ君が居ました。こちらを見ず、背を向けたまま何かの実験に集中している様子。

「どうしたのかな？」

「乙木さんを連れてきました」

「え、ホント？」

松里家君の言葉を聞いて、ようやくシュリ君はこちらを振り向きます。

「オトギン！　いらっしゃい、よく来たね！」

「はい。松里家君に呼ばれたので。シュリ君は、松里家君も弟子にしたんですね」

「そだよ～。まあ、やる気はあったみたいだし。こっちとしても都合が良かったし？」

シュリ君の都合、というものまでは分かりませんが。どうやら単なる善意だけで松里家君を弟子に取ったわけではないようです。

「で、今日はなんの用件かな？　確か、オトギンは今日ちょうど叙爵したんだよね？」

「はい。それも関係しているとも言えますが。詳細は松里家君の方から」

言って、私は松里家君の方に視線を向け、合図を送ります。松里家君も頷き、説明のために口を開きます。

そして、今日松里家君がシュリ君の所を訪れた理由が告げられます。勇者同士で派閥が生まれつつあること。現在不利な勢力である金浜組が、後ろ盾を求めていること。そのために、私との繋がりを求めたこと。私の工場で、言わば警備業務のような形で働くつもりであること。

最後に、そのためにシュリ君にも協力してほしいことを伝えます。

全体の流れを伝え終わると、シュリ君はあっさりと頷きます。

「おっけー、いいよ。勇者同士で派閥ができちゃったなら、仕方ないしね。ここでダメだって言ったりすれば、バランスが崩れて国としても困る。オトギンは肩書きとしては名誉男爵になるわけだし。一応、問題は無いかな」

どこか含みのある言い方をしながらも、シュリ君は協力することを約束してくれました。それを見て、松里家君は安心したように息を吐きます。

「感謝します、師匠」

「いやいや〜、別にまっつんのためじゃないからね？」

そう言い返しながら、シュリ君はなぜか私の方へと近寄ってきます。

「それよりも。ボクとしては、オトギンがどういうつもりなのかって方が気になるんだよねぇ」

「はあ。それはどういう意味でしょう？」

シュリ君の目が、僅かに鋭く細められます。見定めるような視線を、私は可能な限り動じずに受け止めます。

「スキル付与を施した魔道具工場？　莫大なエネルギーを生産し続ける、蓄光魔石の工場？　そんなもの造って、何が目的なのかなぁって」

言いながら、シュリ君は私の身体に抱きつくような姿勢で近寄ってきます。手足を絡め、どこか卑猥な身振りで。

その仕草につい緊張してしまいますが、なお私は平静を装います。

「単に利益を必要としているだけですよ。以前もお話ししたように、平和には力が必要ですから」

「そうだね。で、その先は？　国の行く末を左右しかねないほどの力を求めて、オトギンはその後何をするつもりなのかな？」

シュリ君は、私の頬に手を当て、顔の向きを変え、強制的に向き合う形を作ります。

そして互いの目を見据えた状態で、言います。

「その答えによっては、国としては君を警戒しなきゃいけない。敵になるかもしれないなら、今は味方になれない。分かるよね？」

「ええ、もちろん」

「じゃあ、教えてくれるね？　どういうつもりなのかな？」

シュリ君は繰り返し、私の魂胆を聞き出そうとしてきます。しかし、話すわけにはいきません。

シュリ君はあくまでも、協力者です。有咲さんのような、ある種の運命共同体ではないのですから。迂闊（うかつ）なことは言えません。例えば、場合によってはこの国を捨て、他国や魔王の側に付く可能性もあるなどとは言えないのです。

だからこそ私はより強く、確かな力を求めているわけなのですが。そうした部分を説明できない以上は、語れるものが何もありません。

「特に、何も」

だから私は惚（とぼ）けてみせます。

「高い利益を生む技術者、商人、冒険者。そういった存在は、国にとっても不利に働くものではないでしょう」

「ふーん？」

シュリ君は、不満げな表情を浮かべます。

そして、私から距離を取り、離れていきます。

「まあ、合格かな。ボク相手にあっさり全部話しちゃうようじゃあダメだしね。まあ、いいんじゃないかな？」

つまり、シュリ君はこれ以上の追求をするつもりは無いのでしょう。ひとまず、この件については心配は無さそうです。

「いい機会だから、オトギンにはちゃんと教えておこうかな。確かにボクは今、この国の宮廷魔術師だよ。でも昔は他の国で働いてた。その前は別の国。そのまた前は、っていう風にいくらでも遡（さかのぼ）ることが出来るぐらいなんだよね」

改めて話し始めたシュリ君の、今度の口調はどこか軽い調子でした。

「ボクにとって大事なのは、どれだけボクにとって都合がいい、利益のある条件で働かせてくれるかってこと。今はこの国が一番いい条件で雇ってくれてるから、こうして宮廷魔術師らしいことをしているに過ぎないわけ。おっけー？」

「ええ、まあ。なるほど」

つまり、シュリ君は元々はこの国の人間ではない。決まった国に帰属しない、根無し草のような存在なのでしょう。

「逆を言えば、僕は一番いい条件を出してくれる勢力のところで働いてるわけだね。そこんとこ、オトギンにはよーく分かった上で、考えてほしいかなぁ？」

シュリ君は、そう言ってどこか試すような、それでいて無邪気な笑顔を浮かべます。

話の意味を忖度するならば、つまり遠回しな引き抜き願望でしょう。いずれ私が、シュリ君を良い条件で雇うことが出来るほど力を付けたなら。その時は、国から引き抜きをしてくれ、と解釈できます。

「分かりました。また、いずれお伺いします」

なので、私も迂遠な表現で応えます。いずれ、時が来たらシュリ君を引き抜く、という意味を込めた返事をします。

これを聞いて、シュリ君は満足げに頷きます。

「うんうん。待ってるよ、オトギン！」

その様子を見るに、私の選択はそう間違ったものではなさそうですね。

いきなりこちらを試すようなことをされた時は少し焦りましたが、どうにか切り抜けることが出来たようです。

「話が終わったなら、本題に入りましょう」

私とシュリ君の話が一段落ついたところで、松里家君が言います。

「本題、ですか？　既にシュリ君には勇者と私の協調を支援してくれるようお願いしたはずですが」

「そうではありません！　乙木さんは、以前に僕と約束してくれたではありませんか！」

約束、と言われて思い出します。

松里家君が女性的だと認識できるようになれば、やることをやってあげるといった内容の話をしました。

その話は食堂で一度遮（さえぎ）ったのですが、どうやら忘れていなかったようです。

「さあ、乙木さん。今の僕は十分でしょう？　魅力的でしょう？　生半可な女性よりセクシーで美しいはずです。こんな女性であれば、抱きたくなっても仕方ないと思いませんか？」

「ええと、まあ確かにイケるかどうかで言えばイケるのですが」

私が言うと、松里家君は目を輝かせます。

「ですが、問題は声なんですよ。いざ行為の最中に声が原因で萎（な）えてしまったらと思うと、申し訳なくてですね」

「そ、それは確かに、僕もかなりショックを受けそうですが」

そして私が否定すると、今度は明らかに落胆する松里家君。

「よっし、それならボクがひと肌脱いじゃおうかな！」

そこで、シュリ君が口を挟んできます。

「おお、シュリ君。何か良い案が？」

「ふっふっふ。単純なことだよ、オトギン。まっつんが魔法でオトギンの認識を誤認させてあげればいいのさ。まっつんの声だけ女性的に聞こえてしまうよう、聴覚を阻害するんだ。そうすれば、してる最中に声が気になることなんてないに決まってるでしょ？」

「な、なるほど！　さすが師匠です！」

松里家君は、神でも崇めるような勢いでシュリ君を褒め称えます。

「では、その方向で行きましょう！　魔法の習得等もありますので、また後日準備が出来た時に乙木さんをお迎えに上がります！」

「分かりました」

「その時は、是非僕を、僕の身体を好きにしてください！」

「た、楽しみにしておきます」

ここまで強く望まれてしまえば、やはり断れません。

そもそも、松里家君の身体はシュリ君とはまた違った女性的魅力に溢れています。腰のくびれ、大きなお尻。非常に抱き甲斐のある身体つきと言えます。

正直、私としても興味津々なのです。

「うむ、良きかな良きかな。弟子と弟子が仲良くしてくれるのはいいことだねぇ」

シュリ君は何度も頷きながら、そう呟きます。

「あの、シュリ君。私としては、複数人と関係を持つのはあまり誠実ではない気がするのですが」

「そんなの今さらじゃない？」

言われて思い出し、言葉を失います。そういえば、私は何人もの女性をその気にさせ、三人を愛人として囲っているのでした。世間的には、そういう男なのです。

「うむうむ。どうやら自分でよく分かっているようだねぇ？」

「はい。お恥ずかしい限りです」

「いやいや、へーきだよ。だって、それぐらいの甲斐性が無きゃ、オトギンの方に付く気になんてなれないもん。ね、まっつん？」

「はい、師匠。乙木さんであれば、我々の帰るべき場所を用意してくれます。そうに違いありません！」

何やら私の想定以上に、松里家君から好かれ尊敬されているようです。

実際にはそこまでの能力は無いのですが。まあ、期待されている以上は全力で応えてみせましょう。

シュリ君と松里家君との話が終わった後は、マルクリーヌさんの所へと戻ります。

というのも、せっかくですから帰る前に私が工場で何を作り、どのように卸すのかについて話し合っておきたいのです。

「というわけで、相談に参りました」

「相変わらず話が唐突だね、乙木殿は」

マルクリーヌさんは、自分の執務室で席に座ったまま、ため息を吐きます。

「で、なんの相談かな？」

「はい。私の工場でどのようなものを作ろうか、ということを考えておりまして」

「そんなもの、乙木殿が自分で考えればいいだろう？」

眉を顰めるマルクリーヌさん。まあ、そういう反応も仕方ないでしょう。工場と直接関係があるわけではないのですから。

「ですが、どうせ軍に卸す武器を作るのですから、軍でより求められるものを作る方が合理的かと思いまして」

「ふむ、まあ一理あるな」

言って、マルクリーヌさんは考えるような仕草を見せます。

「しかし、急に言われてもな。そもそも乙木殿がどの程度のものを作れるのかさえ分からぬ状況だ。こちらとしても答えようがない」

「はい、そう仰(おっしゃ)られるかと思いまして、サンプルを幾つかお持ちしました」

言って、私は収納袋から幾つかの魔道具を取り出します。

「まずはこちらの剣です」

「ふむ、見たところ普通の剣だが」

「ええ。しかし魔力を流すと」

言って、私は剣に魔力を流します。

すると、剣は微細な振動を開始します。

「このように、微細な高速振動をするようになります」

「それになんの意味が？」

「このような意味が」

そして私は指を少しだけ切り、傷口から『鉄血』スキルで鋼のインゴットを一つ生み出します。

これを空中に投げ上げ、落下の軌道上に振動する刃を差し出します。すると、落下してきたインゴットは刃に接触した途端、豆腐のように綺麗な真っ二つとなりました。

「なるほど、理屈は分からんが良い切れ味だな」

どうやら、マルクリーヌさんは意味を理解できたようです。

この剣には、私のスキル『貧乏ゆすり』が付与されています。その効果により、超高速振動する剣は最高の切れ味を発揮するようになります。

「しかし、騎士団では採用できんな」

そう言うと、マルクリーヌさんは次の瞬間、姿を消します。そう勘違いするほどの高等技術と身体能力で席を立ち、私の正面に立ったのです。

そして高速振動する剣の根本を軽く叩きました。すると、途端に剣は根元からパキリと折れてしまいます。

「耐久性に難ありだ。騎士の剣がこうも容易く折れるようでは、文字通り『名折れ』というものだろう？」

マルクリーヌさんに言われ、私は頷きます。

「確かに、騎士団では採用できないでしょう。そこで、この剣は『兵士』に支給すると良いかと考えているのですが」

騎士と兵士。どちらも国の軍を構成する戦力ですが、それぞれ違いがあります。騎士は国が雇う常設軍であり、兵士は言わば民兵のようなもの。普段は普通の一般市民として生活していますが、国の要請（ようせい）に応じて徴兵（ちょうへい）される戦力です。

ですので、基本的には騎士の方が兵士より強く、王都や主要都市など、重要な土地を守るために配置されます。

また、騎士と兵士では装備の質も違います。鎧も剣も騎士が装備するものの方が高価で、高性能です。

それ故に、剣に求められる性能も全てが高水準になります。高速振動する剣なら、切れ味という点では合格でしょう。しかし、耐久面に問題があります。少し使っただけで壊れる剣には、継戦能力に大きな問題あり、と言えるでしょう。

刃を頑丈にすれば継戦能力も改善できるでしょう。しかし、巨大化で耐久面を強化すれば重量が大きくなりすぎ、取り回しに問題が発生します。金属の質を高めて改善すれば、武器としては完成しますが、高価すぎて騎士団全体に支給することが不可能となります。

「何を言っているんだ？　騎士にも支給できないものなら、兵士にこそ支給することは不可能と言えるだろう」

「いえ、そうとも言えないんです」

そう言って、私はもう一つ魔道具を取り出します。

「それを説明するために用意した試作品が、こちらです」


「それが、その、武器なのか？」

マルクリーヌさんは疑いの声を漏らします。

まあ、それも当然でしょう。私が取り出したのは、ただの金属板にも見える魔道具なのですから。

「この金属板は、薄い鋼で作ってあります。先程の剣と同じスキルを付与してあり、刃も付けてあります」

言って、金属板をマルクリーヌさんに渡します。細長い平行四辺形の板で、三辺が研がれて刃になっています。刃の付いていない側には、穴が複数開いています。

「ふむ。これに魔力を流せば、先程の剣と同等の切れ味を発揮するのだな？」

「ええ」

「このままでは使えないだろう？」

「はい、ですからこちらの柄に金属板を装着します」

私は収納袋から、さらに魔道具を取り出します。剣の柄のみ、という奇妙な魔道具で、鍔の付近には蓄光魔石が装着されています。

金属板をマルクリーヌさんから返してもらうと、柄の魔道具に装着します。鍔にある隙間に金属板を差し込み、鍔の近くにあるトリガーを引きます。すると、金属板の穴が鍔の内側で固定され、装着完了します。

「そしてこの柄の魔道具に付いている蓄光魔石から、魔力が供給されます。すると、金属板はスキルを発動して振動します。これなら、魔力が少ない兵士でも確実にこの武器を扱えます」

「なるほど。刃が壊れやすいなら、最初から壊れることを前提にすればいい。鋼の板に刃を付けるだけなら、剣を鍛えるより遥かに安価に製造できる。一人の兵士に何枚も金属板を持たせることも可能だろう」

どうやら、マルクリーヌさんはこの魔道具の有用性を理解していただけたようです。

「将来的には、この金属板、名前を『高周波ブレード』と言いますが、これを鞘の中に十枚程度収める形で携帯できるようにするつもりです。ブレードが折れたらトリガーを引いて刃を捨て、鞘に収めると新しい刃が自動で装着できる機構で再装着するよう設計します」

そうすれば、素早い刃の付け替えが可能となります。特別な技術も必要ありません。兵士でも簡単に扱えるわけです。

「ふむ。しかし問題はまだ幾つかあるぞ?」

マルクリーヌさんは言って、高周波ブレードの欠点について指摘します。

「まず、兵士の練度という問題がある。この剣は、正確に刃を立てなければ切れ味を発揮できないうちに折れてしまうだろう? そのような繊細な武器は、訓練を徹底されていない兵士には不向きだ」

その指摘は、確かに納得のものです。兵士が皆剣士というわけではなく、むしろ農民や商人であることも少なくありません。だからこそ、兵士は分厚く頑丈な剣を支給される場合が多いのです。

ですが、高周波ブレードについてはスキルを付与することで解決してあります。

「そこで、私はブレードに振動以外の機能を付けてあります」

言って、私はブレードの振動を止め、手を離して床に落とします。

すると、摩訶不思議。ブレードは勝手に向きを修正し、刃を床に向けて真っ直ぐ落ちていきます。

そして、サクリ、と床に刺さります。

「こ、これはどういうことだ？」

「はい。スキル『ランディング』を付与してあります」

ランディング。これは、兎型や鳥型、猫型の魔物が所持していることの多いスキルです。

簡単に言えば、体勢を整えて綺麗に着地するスキルです。本質は着地ではなく、姿勢制御の部分にあります。

衝突の負荷を可能な限り低減するよう姿勢を自動で制御する、というのが正確な効果です。これを薄く壊れやすい刃に付与した場合、どうなるか。

衝突の負荷、つまり斬撃の負荷が軽減されるよう、刃が勝手に角度を変えます。これにより、ちょうど刃が立つ形になるのです。

実は、私が冒険者として活動していた頃に使っていた各種刃物にも付与してあるスキルだったりします。

とまあ、そうした原理について説明すると、マルクリーヌさんは感心したように唸ります。

「うむぅ、これは画期的なスキルだな。騎士のように、剣を学んだ人間からすれば太刀筋を狂わせる結果になるだろう。しかし素人の兵士が使えば足りない技術力を補ってくれる。高周波ブレードに限らず、兵士が使う刃物には標準で付与してほしいぐらいだ」

「どうやら、ご満足いただけたようですね」

ここまで絶賛されるとは思っていませんでした。想定以上の好感触です。

しかし。

「だが、それでもまだダメだ。兵士に支給するわけにはいかない」

マルクリーヌさんは、まだ認めてくれません。

「それは、なぜでしょうか？」

「単純な話だ。刃が折れる、という大きな隙を戦場で晒すのはあまりに危険なのだよ、乙木殿」

なるほど。その理屈もまた、真っ当な指摘です。

戦場で兵士と兵士が対面している時。相手の剣が折れた瞬間、どんな素人でも隙が生まれたことを理解できます。

この分かりやすさは、練度の低い者同士の戦いだからこそ、影響は大きくなります。敵兵士は高周波ブレードが折れた瞬間、攻め込んでくるでしょう。その攻撃を捌きつつ、ブレードの付け替えを行う。いくら簡単な機構とはいえ、一介の兵士にこれを要求するのは酷でしょう。

「はい、私も理解しています」

だからこそ。私は、さらなる提案を持ってきたのですから。

「マルクリーヌさん。もしもこの高周波ブレードを使用するのなら、これまでとは異なる用兵が必要になります。しかし、用兵のやり方によっては、折れたブレードを付け替える隙を埋めることも可能になります」

「ほう、それが本当でしたら、是非教えてもらいたいものですが」

マルクリーヌさんが興味を示してくださったようなので、このまま一気に説明してしまいましょう。

「簡単なことです。隙が生まれるのであれば、それを補えばいいのです」

「補う？　高周波ブレードにはこれ以上のスキルが何か付与されていると？」

「いえ、そういうわけではありません」

私は首を横に振ります。

「ではどうすると？」

「織田信長（おだのぶなが）ですよ」

「はい？　オダノ？」

マルクリーヌさんが首を傾げます。まあ、さすがに地球の戦国武将の話を理解しろ、というのは酷でしょう。詳しく解説します。

「私の世界に存在する、有名な騎士の話です。彼は強力な兵器を戦場に導入しましたが、威力は高いものの使用後に大きな隙を晒すものでした。そこでその隙を埋めるために、ある戦法を用いました」

「その戦法とは？」

「三段撃ち、と呼ばれるものです」

織田信長が導入した火縄銃と、その運用法。それこそまさに私が今回の高周波ブレードに応用しようとしているものです。

「仕組みは単純で、三人で一連の動作を繰り返すだけです。まず一人目が兵器を使用します。そして、そのまま他二人の後方に下がります。この間に、後ろに控えていた二人目が前に出て、兵器を使用します。二人目が兵器を使用したら、また他二人の後方に下がります。そして三人目が前に出て、兵器を使用します。これまでの間に、最初に後方へと下がっていた一人目が兵器の再使用の準備を済ませておきます。そうすると、三人目がまた後方へと下がる頃には、一人目がまた兵器を使用可能になっているわけです」

私の説明に、マルクリーヌさんは何度か頷き、そして答えます。

「なるほど。それと同じ運用法を、この高周波ブレードでも行えば良い、ということだな？」

「ご明察です」

本当に、理解が早くて助かります。

「高周波ブレードと織田信長の兵器では違いがありますから、完全に同じ運用ができるとは限りません。ですが、三人一組でブレードの付け替えという隙をフォローするという発想は悪くないのではないかと思いますが、どうでしょう」

「ああ。そのオダ・スタイルで運用するなら兵士でも高周波ブレードを有効活用できるだろう。武器の威力、そして交代制による体力の温存を考えれば、なかなか実用的かもしれんな」

言いながら、マルクリーヌさんは何かを考え込み、そして意を決したように頷きました。

「よし！　いいだろう、まずは試験運用から始めてみよう」

「ありがとうございます。では、武器についてはこの高周波ブレードを製造する方向でいかせてもらいます」

これで、一つ確実に売れるものが決定しました。

「ところで、乙木殿。今回持ち込んだサンプルはこの高周波ブレードだけなのか？」

「いえ、他にも幾つか用意させていただきました。『形状記憶』に『衝撃吸収』、『耐刃』の三つのスキルを付与したローブは、既にご存じですね？」

「ああ、もちろんだ」

「こちらを大量生産して兵士の標準装備とすれば、剣と剣の戦いでほぼ敗北はありえなくなります」

私は言って、ボロ布ではない布で作ったローブを取り出します。

「このローブを、ひとまず耐刃（たいじん）ローブと呼びましょう。これに加えて私の魔道具店で売っている防護魔石と同じものも量産します。これら三点セットを標準装備とすれば、それだけで兵士の戦闘力は桁違いに跳ね上がります」

「なるほど。そうなれば、魔族との戦いにおいて、兵士たちが受け持つ戦線が大きく有利に傾くだろう。これまでは防戦、撤退戦ばかり繰り広げていたが、これからは違ってくるだろうな」

マルクリーヌさんは、嬉しそうに頷きながら言います。

「よし、乙木殿。是非その方向で工場での生産を進めてくれ」

これで、マルクリーヌさんとの擦（す）り合せも出来ました。帰ったら、早速工場の稼働目指して行動開始ですね。

第五章　工場建設、開始

マルクリーヌさんと会った翌日。私は早速、工場建設のために貰った土地の方へと向かいます。

全体を見て回りましたが、やはり整備はされておらず、荒れ放題です。ただ、荒れ放題すぎて浮浪者のような者やその住処らしい場所も見かけなかったので、そういう意味では幸運でした。

工場を建てるにしても、まずは整地をしなければなりません。が、それに関しては私一人では終わらない作業です。孤児院の子どもたちや冒険者の知り合いを雇おうと思っています。

が、それにはまず土地の安全を確保しなければなりません。

というわけで、私が最初に取り掛かるべきなのは、土地を守るための防壁の建設です。

すぐさま作業に取り掛かりましょう。

まずは、スキル『鉄血』で蓄えた膨大な金属資源を使います。好きな形で金属を取り出せるので、最初から組み上がった状態の鉄骨を生み出していきます。

細かい部分に関しては知識が無いので、脆くならないように注意する必要があります。と言っても、高層建築をするわけでもありませんから、鉄骨同士を一つに繋げ、さらに鉄で補強するという力技しか使えないのですが。

そうして、土地をぐるりと一回りするように鉄骨を組み上げるのに三日間。かなりの手間でしたが、普通に鉄骨を組み上げるよりは遥かに楽でした。スキルを使えば目の前に一瞬で鉄骨が組み上がるのですから、当然と言えば当然の結果です。

次に、壁を構成する素材を用意します。

ちょうど、この土地には荒れ果て乾燥した大量の土があります。これにとあるスキルを使うことで、疑似コンクリートを用意します。

そのために、大量の土を集めていきます。ドラム缶のようなものを鉄血スキルで生み出し、その中に土を詰めていきます。

この作業がけっこう大変でした。最初の二日間は自分だけでやっていましたが、いつまで経っても必要な量が集まらなさそうだったので、店の方から何人か協力を要請し、連れてきました。

そうして土を集めること十日間。今日は有咲さん、シャーリーさん、マリアさんの三人が手伝いに来ています。他にも数名の従業員を引っ張ってきているので、お店の方が大変なことになっていそうですね。

三人を一度に集めるつもりは無かったのですが、今日で土集め作業が終わりそうだと告げると、こうなってしまいました。

「おつかれ、おっさん！」

有咲さんが真っ先に私を労ってくれます。シャーリーさんとマリアさんも、こちらに歩み寄ってきて笑いかけてくれます。

「こんなにたくさんの土を集めて、何を作るんですか？」

「それは、これからお見せしますよ」

シャーリーさんの疑問に答えるため、私はドラム缶の一つに近寄ります。中には砂が四分の三ほど詰まっており、まだいくらか別の物質を投入する余裕があります。

「もしかして、乙木様の持つ不思議なスキルでこの土を加工するのでしょうか?」

「はい、正解です」

マリアさんの指摘は、見事に的中していました。

私はドラム缶の中を覗き込みながら、とあるスキルを発動させます。

そのスキルの名前は『粘着液』。

スキルを発動した途端、私の口から大量の粘着液が溢れます。さながらマーライオンのように、私は口から粘着液を吐き出し続けます。

そしてドラム缶がいっぱいになったところで、スキルを停止。粘着液が口から吹き出ることは無くなります。

次に、私は素早く鉄血スキルで金属の棒を生み出します。粘着液と土を混ぜ合わせるためです。混ぜれば混ぜるほど無色の粘着液が濁り、ドロドロに変わっていきます。

そうして、少し黄色っぽい以外はまるでコンクリートそのもの、と言える物体が完成します。

「よし」

「よし、じゃねーんだよ! きめえんだよおっさんさぁ! 言ったよな、アタシ。それまじキモいからやめろって!」

達成感に浸り、ついこぼした一言が有咲さんの逆鱗(げきりん)に触れてしまったようです。

「あの、乙木様。今のは一体、なんだったのですか?」

「スキル『粘着液』です。唾液ではないので安心してください」

「は、はぁ」

マリアさんも引き気味なようです。やはり口から出るという印象が良くないのでしょう。しかし、粘着液は粘膜がある場所からしか発生させることが出来ないのです。鼻の穴から吹き出すよりはマシですし、一度に吐き出せる量も多い。効率上、仕方のないことなのです。

「なるほど。アラクネモドキの粘着液と同じものですね、これ。確かに、それとこの辺りの粒子の細かい土を混ぜ合わせれば、乾いた時にかなり頑丈な壁が出来そうですね」

「おぉ、分かっていただけますか」

どうやらシャーリーさんは、粘着液のビジュアル面より、その性能と使用方法に興味を惹かれているようです。お蔭でキモがられなくて済みます。

「まあ、私も美樹本さんやマリアさんと同じくらいドン引きしてますけど。でも、元ギルドの受付嬢としては興味深いです」

おや。ダメだったみたいですね。

ちなみに、私の粘着液はシャーリーさんの言うアラクネモドキよりも上位の魔物が発動させるものと同じだけの効果があります。なので、強度については想像を絶するものになるでしょう。言わば強化コンクリのようなものです。

女性陣から不評な強化コンクリですが、その性能は素晴らしいの一言に尽きます。どれぐらいかと言えば、高周波ブレードで切れない程度です。硬すぎて、切る前にブレードが折れてしまうのです。

これなら、生半可な魔物の爪や牙ぐらいなら容易く弾き返すことでしょう。

というわけで、強化コンクリートを鉄骨に流し込んでいきます。鉄血スキルで鉄骨の周囲に壁の型を作り、そこへ流し込んでいきます。完全に乾くまでは一日かかりますので、次々新しく型をとってはコンクリを流し込みます。そうした単調作業と並行して、魔物除けの魔道具も設置していきます。防壁の外側に、蓄光魔石にスキル『加齢臭』を付与したものを埋め込みます。日光を浴びて貯めた魔力で異臭を放ち、魔物を追い払うという仕組みです。

なお、臭いに関してはひどすぎない程度に調整します。強すぎれば、魔物だけでなく従業員にもダメージがありますからね。鼻の利く魔物なら少し嫌がるだろう、という程度の臭いに設定してあります。

そうして防壁作りは順調に進みました。二週間ほどかけて、土地全体を覆う防壁は完成しました。と言っても、強化コンクリの壁にはところどころ隙間が存在します。型として置いてあった仕切りの分の隙間です。それを撤去した今、壁には無数の隙間が等間隔で並んでいます。

この隙間にも強化コンクリを流し込んで、ようやく完成です。

防壁の内側には階段を幾つか造り、壁の上に上れるような形にしてあります。そこから上に上り、壁の周囲を観察します。

見事に防壁は外部から魔物が侵入することを防いでくれています。加齢臭を放つ魔石の効果でそもそも魔物があまり近寄りません。そして、硬い壁があると分かった魔物はすごすごと引き返していきます。

「よし、これで計画通りですね」

私は結果に満足し、独り言を呟き何度も頷きます。

ここからの作業は、しばらくは単純なことばかりです。冒険者ギルドにも依頼を出して、まずは防壁の内側に居る魔物の駆除。そして荒れ放題の土地を整地していきます。岩や枯れ木、雑草を処分し、土地の凹凸を削ったり埋めたりで均(なら)していきます。

私は多くの力作業を冒険者の皆さんに頼んだまま、別の作業も続けていきます。

主に、高周波ブレードの開発です。魔道具としては既に仕上がっていますが、問題はライン作業で作り上げられるような構造を考えなければいけないという点です。

今の構造では、ほとんど手作業。スキルの付与だけが工業化という、工場を建ててまでやるようなことではありません。あまりにも、非効率的です。

というわけで、連日連夜、高周波ブレードの構造を考案しては試作します。

柄を幾つかのパーツによる組み立て式にすることで、パーツを作る労働者、組み立ての労働者で仕事を分担する予定です。

仕事を工程ごとに小さく分けることで、一つ一つの作業の品質と速度を上げるのにはそれが最も手っ取り早く、合理的です。完全に機械化するのは今の段階では夢のまた夢ですし、何よりコストが高すぎます。

現代日本でも、手作業による組み立てを必要とする製品が同様の手順で大量生産されています。これは、機械化の難易度や維持費、取り扱いの難しさなどが関係しています。

そうした要素を考えれば、現代日本より技術力、教養レベルの低いこの世界で、完全機械化された工場を造るのは到底不可能と言えます。

といったことを考えながら、より合理的な高周波ブレードの製造ラインについて考察していたある日のことです。

私の元に、魔道具店の方から厄介な連絡が届きました。

それは、なんと。

孤児院の子どもたちが、ダンジョンに潜っているという話だったのです。


私は一度工場の方での作業を切り上げ、孤児院の方へと向かいます。そしてイザベラさんから事情を伺います。

「というわけで、詳細について教えていただけると助かります」

「えっと、何がというわけで、なのか分かりませんけれど。うちの子たちがダンジョンに潜っていたことについてですね？」

私が頷いて肯定すると、イザベラさんは詳しい話を聞かせてくれました。

なんでも、切っ掛けは私の渡した魔道具だそうです。

以前、ジョアン君たちをダンジョンに連れていき、レベル上げをしました。その時の危険度を鑑みて、私は配送を任せていた少年少女たちにはさらに優秀な魔道具を装備として渡しておいたのです。

そもそも、実はマルクリーヌさんに説明した兵士の装備は、子どもたちに持たせた魔道具の量産型に過ぎなかったりします。

つまり、子どもたちには兵士以上の装備を持たせているわけです。

高周波ブレードは希少金属で折れず擦り減らないよう作ってありますし、耐刃ローブは頑丈で軽い魔物の革を使った高級品。防護魔石も複数持たせてありますし、緊急時の攻撃用魔石も作り上げました。

これだけの装備があれば、ゴロツキはもちろん魔物に襲われても撃退が可能でしょう。

そして、それだけの装備を手にしたとあれば、好奇心旺盛な年頃の子どもたちが考えることは単純です。その武器を使ってみたい、と考えたわけです。

普通なら考えるだけで終わるわけですが、ここでジョアン君たちをダンジョンに連れていったことが影響します。ダンジョンという場所を経験した者が居た所為で、未知への恐怖が薄れてしまったのです。

こうして好奇心に負けた子どもたちが、こっそりとダンジョンに入り込むという事態に至ったのです。

「幸い、子どもたちは無事帰ってきましたけれど。でも、大怪我をしてからでは遅いのです。どうにか対応していただけませんか？　もちろん、勝手に借りた仕事道具を使ってしまったことについては、申し訳なく思っていますが、私だけでは対処しきれないんです」

イザベラさんはうなだれ、謝罪混じりに相談を口にします。

「ひとまず、顔を上げてください。今回のことはむしろ私に責任があったと言えます。子どもたちがそんな行動に出る可能性は十分に考えられました。なのに対策をしていなかった私こそ責められるべきですから。イザベラさんは何も悪くありません」

「そう、ですか。ありがとうございます」

私が言うと、イザベラさんは戸惑いながらも顔を上げてくれました。

「それよりも、子どもたちへの対策を考えましょう。イザベラさんの方では、既に忠告してあるのですよね？」

「はい。ですが、魔物を倒してレベルが上がることに味を占めた子がけっこう居るみたいで。まだこっそりとダンジョンに通っている子が居るみたいなんです」

「なるほど、それは仕方ないですね」

レベルが上がる。それはこの世界において、重要な財産と言えます。レベルさえ上がれば肉体は強くなります。場合によっては、冒険者にもなれます。

孤児院の子どもたちが夢を見る上で、お金や権力よりもよほど身近な価値あるものなのです。

「となれば、無理に禁じるのは悪手ですね。押さえつけては、余計な反発を生み出しかねません」

むしろ、今ある子どもたちの好奇心、つまり意欲を有効利用する方が合理的と言えるでしょう。

「では、どうするんですか？」

「はい。むしろ、子どもたちにはダンジョンに潜ってもらいましょう」

「はい？」

私の言葉に、イザベラさんは首を傾げます。

「そうですね。名付けるならば、これは『最強の配送業者』計画とでも言うべきでしょうね」

そして私が言うと、イザベラさんは呆れたようなため息を吐きました。

「はぁ。で、それはどういうことなんですか？」

私がイザベラさんに説明した計画。それは、子どもたちを鍛えて最強の配送業者に育て上げるというものです。

とまあ、簡単に言ってしまうと少々意味不明な内容になりますが。しかし、これはある意味必要なことであったと言えます。

何しろ、この世界は治安が悪いのです。配送業を営むなら、いちいち警備役として冒険者を雇うのは非効率です。どうせなら、配送業と一緒にうちの業者を守る警備会社的なものも作り上げた方が良いと言えます。

私が管理する配送業者と警備会社で組ませることができれば、確実かつお手軽に信頼できる戦力で配送中の労働者を守ることが出来ます。

そして、今の配送は子どもたちの担当です。それに併せて将来的に警備会社を設立するなら、警備担当も子どものうちから教育する方が都合もつけやすいのです。配送業者、そして警備会社。二つの業者が完成する時期が重なる方が計画も立てやすいわけです。

そこで、現在の状況を鑑みてひらめいたのです。どうせなら、配送業者そのものが戦力を担っていれば、わざわざ二つの会社を別々で設立する必要も無くて合理的ではないか、と。

大前提として、配送業をする上で自己防衛戦力は必須です。となれば、そもそも配送業者自身が強い方が遥かに合理的でしょう。

実際、冒険者が貴重な物品を都市間でやり取りするような仕事も受けていることがあります。これは、貴重品を守り切るだけの戦闘能力があるからこそ任せられる仕事です。

同様のことを、さらに大規模に、合理的に行う。それが、私の考える『最強の配送業者』計画なのです。

そのテストケースとして、子どもたちに戦闘のためのノウハウを教えます。そして、計画的にダンジョンに潜り、可能な限り安全に配慮したレベル上げを行います。

つまり、以前ジョアン君たちに行ったことを、大規模に、より計画的に実行するのです。

そうして鍛え上げられた子どもたちが配送業者の初期メンバーとなり、さらに新しいメンバーの教育係を務めてくれれば最高です。

まあ、今からそこまで望むのはさすがに高望みのしすぎでしょう。

しかし子どもたちに配送を任せる以上は自衛力は必須です。護衛の冒険者を雇い続けるのが難しいという都合上、仕方のない選択なのです。

という説明をしたところ、イザベラさんも納得してくださいました。

「というわけで、しばらくは子どもたちを鍛え上げます。強くなれば武器に対する理解も深まり、好奇心も落ち着くでしょう。それに、ダンジョンで定期的にレベル上げをすれば、そちらへの興味も十分満たせるはずです」

「なるほど。ですが、その訓練やダンジョンでのレベル上げは乙木さんが全て監督するのですか？」

「いえ、ある程度は私が監督します。ですが、私だけでは手が足りませんからね。他の冒険者の方々に依頼を出して頼むつもりです」

こうした面倒で手のかかる依頼でも、冒険者の皆さんは受けてくれます。特に、教育に関わるような依頼は教養が求められるので、自然とギルドの方で人格や素行の部分で篩いにかけてくれます。

また、私も冒険者たちの素行についてはしっかり監視する予定です。

なので、子どもたちへの教育は問題なく行えるはずです。

しばらくイザベラさんは考え込む様子で黙っていましたが、やがて口を開きます。

「そうですね、分かりました。乙木さんにお任せします。そもそも、こうなってはもう私では解決できませんからね。お任せする他ありません」

「すみません、イザベラさん。心配されているような事態には決してなりません。させませんので、安心してください」

私が言うと、イザベラさんは頷いてくれました。

「はい。信頼させていただきますよ、乙木さん」

この信頼には、何がなんでも応えなければなりませんね。イザベラさんと、そして子どもたちのために。


イザベラさんと話をした日から、私は行動を開始しました。

冒険者ギルドに依頼を出し、素行に問題の無い教育者向けの冒険者を集めました。そして、子どもたちに戦闘訓練を施していきます。

場所はちょうど、孤児院の遊ぶための広場で行うことにしました。

そして冒険者のノウハウを学んだ子どもたちを引き連れ、マルチダンジョンでレベル上げに向かいます。低層であれば、大人の冒険者の監視と私の魔道具だけで安全にレベル上げが出来ます。

レベルの低い子どもたちを優先し、時には私も共にダンジョンへと潜ります。

また、教育を担当した冒険者には、毎回私の方へと報告に来てもらいます。イザベラさんや子どもたちの報告と併せて進捗を管理し、かつ冒険者の教育能力についても評価します。今のところ、問題のある教育者などは居ないようで安心しています。

そうして、私の『最強の配送業者』計画が始動してから一ヶ月が経過しました。

この頃になると、既に工場の方も整地が終わり、施設の建設に入っています。魔道具の設計についてもおおよそ完了しており、もう少しで工場が稼働するはずです。

ここまで来ると、私にも少し時間の余裕が出来ます。お蔭で子どもたちの教育により手をかけることが出来るようになりました。

今日は、配送の初期メンバー、ジョアン君を含む六人組のレベル上げをする予定です。

「よろしくな、おっちゃん！」

「はい、よろしくお願いします」

ジョアン君が楽しげな声で挨拶をしてきました。私も出来る限りの笑顔で応えます。

そして、ダンジョンに突入しました。子どもたちの中では最高レベルの六人なので、他の子どもたちよりも深い階層でのレベル上げを実行します。

場所はマルチダンジョンの中の一つ、森林系のダンジョンです。多種多様な魔物と、見通しの悪い地形。自衛能力を高めるのに相応しい、過酷な環境下にあるダンジョンです。

このダンジョンでしっかりと生き残ることが出来れば、冒険者で言えばCランク相当の実力があると言えます。そして、それだけの力があれば十分な自衛能力があると言えるでしょう。

「では、まずは皆さんの実力を確かめます。私のことは考えずに、行けるだけ深い階層まで進んでください。その後撤退まで安全にこなすことが出来れば、皆さんは合格です。一人前の配送業者と言えるでしょう」

「はい、分かりました！」

ジョアン君が元気良く返事します。

そうして、ダンジョン探索が開始します。先頭のジョアン君が進路を考え、魔物を警戒しつつ進んでいきます。より魔物が少ない、安全な経路を的確に選んで進んでいきます。

それだけではありません。ジョアン君以外もしっかりと周囲を警戒し、ジョアン君の行動方針に従いつつ細部のフォローに入っています。また、ジョアン君の行動に不安がある場面ではしっかりと意見を出し、全体の安全性を高めるために協力しています。

かなり洗練された動きに、思わず感心してしまいます。これだけの能力があれば、もう半端なゴロツキや魔物では相手にもならないでしょう。私の考えた理想の配送業者の姿そのものと言えます。

やがて魔物の強さが高くなってきたところで、ジョアン君は足を止めます。先程倒した狼型の魔物に少々苦戦したところです。

「これ以上は危険だから、ここで引き返そう」

ジョアン君の提案に、全員が頷いて賛同します。安全マージンを十分に取った判断であり、かつ安全すぎる段階での撤退でもありません。的確な判断と言えます。

そこでようやく、私が口を出します。

「素晴らしい判断です、皆さん。ここでの撤退の判断は的確です。我々は冒険者ではなく配送業者。荷物を確実安全に運ぶのが仕事です。リスクを取らず、危険を避け、確実な行動を心がける。それが徹底できていますね。偉いですよ」

「えへへ、おっちゃんに褒められちゃったなっ！」

嬉しそうにジョアン君が笑い、他の子たちも安堵して笑みをこぼします。これまでの緊張が程よく解けたところで、新しい提案をします。

「今日はせっかくですから、もう少し深く潜りましょう。私も付いていますので、より強い敵との戦闘を経験してみましょう」

「は、はいっ！」

子どもたちがしっかりと返事したところで、再びダンジョン攻略を開始します。今度はあえて魔物との戦闘を経験するため、ちょうどよい数の魔物が群れている場所を探して積極的に向かいます。

最初の魔物は昆虫型の魔物。セミとカマキリが融合したような魔物です。名前はデスインセクト。このダンジョンの、この階層ではほぼ最強の部類です。

「さて、まずはこれとの戦闘を経験してみましょう」

私が言うと、子どもたちは緊張した様子で武器を構えました。いよいよ、実践での戦闘訓練の開始です。

デスインセクトとの戦闘は、子どもたち優位で進んでいきます。

耐刃ローブがあるので、腕の鎌はただの打撃武器にしかならず、そもそも全員が完璧に見切っています。

また、高周波ブレードはデスインセクトの硬い身体を容易く切り裂いていきます。この程度であれば、希少金属の合金製高周波ブレードは問題無く餌食にします。

とはいえ、デスインセクトの動きは機敏で、子どもたちもなかなか致命傷を与えることが出来ません。甲殻の表面を裂くばかりで、内臓までは傷つけることができません。ほぼダメージは与えられていないと言えます。

状況的には子どもたちが優位にありますが、勝ちはまだ遠い状況。ここから子どもたちがどう動くかが重要です。

「俺が前に出る！」

そう言って飛び出したのはジョアン君です。それに合わせて、子どもたちはジョアンを守るような行動に出ます。

デスインセクトの攻撃をジョアン君以外の五人が防ぎ、ジョアン君は素早くデスインセクトの懐に潜り込みます。そして下腹部から頭部に向けて高周波ブレードで斬り上げます。

「食らえぇッ！」

ジョアン君の斬撃は、見事にデスインセクトの肉体を左右で真っ二つに分離させます。これで、一体目のデスインセクトは無力化されました。

ですが戦闘はまだ終わりではありません。

二体目、三体目のデスインセクトの攻撃は続きます。これを五人だけで防ぐのは至難の業です。

さらに、一体が死んだことでその背後に控えていた最後の一体、四匹目のデスインセクトが飛び出してきます。

無理に一体を始末しようとしたことで、状況が悪化しました。魔物が三匹までなら有効な手段でしたが、四匹目が居ると分かっている状況では悪手です。

子どもたちに怪我をさせるわけにはいかないので、私が助太刀に入ります。

まずは正面、四匹目のデスインセクトを始末します。貧乏ゆすりキックで、デスインセクトの鎌ごと胴体を削り落とします。

「あっ、おっちゃんっ！」

何やらジョアン君が顔を赤くしていますが、今はそれどころではありません。武器だけでなく命まで一度に失い、デスインセクトは無力化されました。続いて左右の状況に対応します。

鉄血で金属の壁を素早く生み出し、子どもたちを庇います。デスインセクトの鎌では金属を切り裂くことは出来ず、弾かれて体勢が崩れます。

そこへ、私は貧乏ゆすりで振動させた足を振り、空を切りつつ金属片を飛ばします。高速振動する金属片は、飛翔する高周波ブレードとなってデスインセクトを真っ二つに切り裂きます。一度の蹴りで二つの金属片を放ったので、残った二匹は同時に絶命しました。

こうして、三匹のデスインセクトは私の手ではなく足で撃退されたというわけです。

「ふう、どうにかなりましたね」

「お、おっちゃんっ。あ、ありがと！　あのままおっちゃんに助けてもらえなかったら、多分ヤバかったよ！」

私に飛びついてくるジョアン君。どうやら、ピンチを助けられたのが相当嬉しかった様子。

「いえいえ。恐らく耐刃ローブがあれば、多少の攻撃を受けても怪我なく四匹とも撃退できたはずですよ。私が手を出したのは、あくまで安全のため。皆さんに傷を負わせないためです」

言って、私はジョアン君の頭を撫でます。

「頑張りましたね、ジョアン君。一匹目を倒した時の行動は、なかなかの勇気が要る行動でした。状況を見れば最善ではない選択ですが、それでもジョアン君の思い切りの良さは悪くありませんでしたよ」

「う、うんっ！　おっちゃんがそうやって褒めてくれるなら、頑張って良かったかな。へへっ！」

嬉しそうに微笑むジョアン君。この年頃の子どもの笑顔は、やはり良いものですね。心が温かくなります。

「やっぱ、おっちゃんのこと、俺、大好きだ」

「そうですか、ありがとうございます」

ジョアン君は顔を赤らめながら、私の胸に頭をぐりぐりと擦り付けてきます。

こうして子どもに好かれ、甘えられるのも嬉しいものです。

私はつい微笑みながら、ジョアン君の頭を撫でます。すると、なぜかジョアン君は不満げな表情を浮かべます。

「もう、おっちゃん。全然分かってないだろ？」

「はい？　好きなんですよね、分かっております」

「だから、そういう軽い感じじゃねーの！　俺、本気でおっちゃんのこと好きなんだよ！」

ほう、本気とは。どういうことなのでしょうか。

「本気ですか。それは、どういう意味で？」

「そ、それは、だから。えっと。俺はおっちゃんのことがっ！」

顔を真っ赤にしながら、叫ぶようにジョアン君は言います。

「結婚したいぐらい、おっちゃんのことが好きなんだよっ！」

その発言に、私は頭の中が真っ白になってしまいました。


私が衝撃の告白に混乱している間にも、ジョアン君の言葉は続きます。

「最初は、普通におっちゃんのことすごいな、かっこいいなって思ってたんだ。それだけだったんだけど。おっちゃんがお仕事頑張っているのを見てるうちに、すごく気になって、見てると胸の中があったかくなって。ドキドキして、目が離せなくなってさ。そんで気付いたんだ。俺、おっちゃんのことが大好きだって。おっちゃんに抱きしめてもらいたい、おっちゃんとキスしたい。一生おっちゃんと一緒に居たいって。本気で思うようになったんだっ！」

ジョアン君の告白を聞くほどに、私は理解させられます。どうやら、本当にジョアン君は私のことが好きなようです。恋愛的な意味で。

「あの、ジョアン君？」

「おっちゃんが駄目って言っても、俺の気持ちは変わらないからっ！　好きだって気持ちは、おっちゃんにだってどうにもできないんだからなっ！」

「えっと、まあ、それはここ最近つくづく思い知っておりますので」

ここ最近、妙に女性にモテているせいで、ジョアン君の言い分を違和感なく受け止めることが出来てしまいました。

しかし、思いを受け入れるわけにはいきません。

「よく聞いてください、ジョアン君。私は大人で、ジョアン君はまだ子どもです。そして私たちは男同士です。愛し合うには、あまりにもハードルが高いと言えます。分かりますか？」

「いいよ、大人になるまで待つし！　それに男同士がダメなら、女の子になるし！」

そこまでですか。女の子になるとまで言いますか。

しかしそれでも、私は受け入れるわけにはいきません。さすがに明らかな子ども、しかも男の子と愛し合うのは問題がありすぎます。私自身の倫理観だけでなく、世間体としても難しい部分があります。

ですので、適当な理由をつけてジョアン君を説得します。

「まずですね、ジョアン君。男性が女性に性転換する技術など存在しません。ですので、ジョアン君を私が受け入れてあげることは根本的に不可能です」

女の子のような外見をしていればその限りではないのですが、今はそんなことを言うわけにはいきません。黙っておきましょう。

「それに、大人になるまでと言ってもこれから何年もあります。私のことを想ってくれるのは嬉しいですが、それだけを考えていてはいけません。君にはまだまだたくさんの可能性、未来があります。私だけを想うというのは、その可能性を閉ざすことにもなるのです。そして私は、ジョアン君の可能性が閉ざされることを望んではいません」

私が言うと、ジョアン君は何やら考え込むような仕草を見せます。

「うーん、よく分かんない」

まあ、そうですよね。子どもにこねる屁理屈としては少々小難しい話でしたね。

「でも、おっちゃんが俺のためにそうしろって言うなら、頑張る。要するに、今は頑張って強くなれってことだろ？　なら、俺頑張るよ！　そんで、強くなって大人になって、女の子になったらまたおっちゃんに好きって言うんだっ！」

「はい、そうしてください。その時はちゃんと真剣にお答えしますよ」

女の子になるなど不可能なので、私は安心してジョアン君と約束します。これでひとまず、一人の少年が私のようなおっさんの毒牙（どくが）に自分からかかりに来るような事態は避けられるはずです。


その後は、さらに数回の魔物との戦闘をこなし、ダンジョンから撤退することになりました。その最中、ジョアン君は普段通りの様子に戻ったように見えました。

安心して子どもたちを見守りながら、私たちはマルチダンジョンから撤退しました。

撤退後、孤児院へ帰る道中。子どもたちを後ろで見守る私の方へと、ジョアン君が歩みを緩めて並びに来ます。

「おっちゃん、今日はありがと。俺、約束守るから。おっちゃんも約束守ってくれよな？」

「ええ、当然です。約束は約束ですからね」

まあ、まさかジョアン君が性転換するようなことはありえませんからね。約束を守るような事態に陥ることが無いわけですから、何を言っても問題ありません。

最近、似たような思考回路で何度か失敗したような気もしますが、気がするだけですし問題は無いでしょう。

「それと、やっぱ大人になるまでって、ちょっと長いだろ？」

「はい、それは確かに」

「だから、ご褒美の前借りっ！　なあおっちゃん、ちょっとしゃがんでくれ」

「前借り、ですか？」

私はジョアン君に言われるがまま、しゃがんで頭の高さをジョアン君と同じぐらいまで下げます。

そして次の瞬間。

ちゅっ、と私の頬に柔らかい感触が伝わってきました。

「へへっ。今は俺、これだけでいーよ。でも大人になったら、もっとキスするもんねっ！　ぜったい、約束だからね、おっちゃんっ！」

それだけ言い残して、ジョアン君は先に行った子どもたちの方へと駆け寄っていきます。

私は唖然（あぜん）としながら、そんなジョアン君の背中をただ見送ることしか出来ませんでした。


私が子どもたちを孤児院に送り届けると、イザベラさんは安堵した表情を見せました。子どもたちが無事帰ってくるかどうか、さぞ不安だったことでしょう。

「イザベラさん。子どもたちは、かなりの実力をつけています。冒険の恐ろしさや難しさを知り、戦いの厳しさも学んでいます。レベルも順調に上がっていますから、もう好奇心だけで自ら危険な場所に首を突っ込むようなことは無いはずです」

「はい。あの子たちがかなり変わったのは理解しています。ですが、やはりダンジョンに行くというのがどうしても、慣れなくて」

まあ、イザベラさんの不安は尤もなものです。私の都合で子どもたちを鍛え、強くしているわけですから。それを加味してイザベラさんの立場で考えれば、どれだけこちらが安全に配慮しても危機感は拭えないでしょう。

「申し訳ありません、本当に。ですが、必ずこれは、子どもたちの将来の役に立つことですから、どうか理解していただきたい」

「ええ。分かっています。孤児の将来を考えれば、乙木さんの言う最強の配送業者というのはとても理想的です。貸し与えていただいている魔道具も、素晴らしい性能ですし。子どもたちのことを思えば、今の状況が非常に良いものだと言えるとも、理解はしているのです」

「しかし、不安なものは不安でしょう」

イザベラさんの立場を思い、あえて発言を否定します。

「子どもたちの将来のためとはいえ、何もしないよりはリスクがあるのは事実ですから。保護者であり、母でもあるイザベラさんが心配するのも当然です」

私が言うと、微笑みを浮かべるイザベラさん。

「ふふっ。それなら、子どもたちが成長するために試練をお与えになる乙木さんはパパになりますね？」

「なるほど、それは確かに。盲点でした」

私とイザベラさんはお互いに笑みを浮かべ合いました。

その後、私は子どもたちとの面談に移ります。冒険者たちの教育内容についての報告を受けるためです。

今まで問題は起きていませんが、それでも油断は出来ません。冒険者が不適切な教育を施していないか、聞き取りで情報を集め、調査します。

そのためには当事者からも話を聞く必要はありますが、第三者の声も重要です。

そこで冒険者からの教育を受けておらず、孤児院の中で様子をよく見ている人物からも話を聞く必要があります。

イザベラさんもそうですが、子ども側の視点も必要です。

というわけで、現在はローブ作りを任せており『最強の配送業者』計画には参加していないローサさんに話を伺いに来ました。

「特に問題はありませんでしたっ！　冒険者さんはみんな、ちゃんとおじちゃんが言ってた通りにしてたと思います！」

「そうですか、それは良かったです」

私は言って、ローサさんの頭を撫でます。

「他には、何かおかしかったこととか、気になったこととかありませんか？」

「えっと、そういえば今日はジョアンの様子がおかしかったと思います」

ジョアン君の様子と聞いて、私はつい手を止めてしまいます。

「あれ、おじちゃん？　何か知ってるんですか？」

「ええ、実はですね」

隠してもジョアン君に聞けばバレる話です。なので、正直に全てを話します。今日のダンジョン探索の最中、結婚してほしいと言われたこと。どうにか言いくるめて返答を大人になるまで引き延ばしたこと。

そうした状況をローサさんに伝えたところ、どうやら怒らせてしまったようです。ローサさんは頬を膨らませ、不機嫌そうに眉を顰めます。

「ジョアン君、そんなこと言ったんですか？」

「はい、確かに言いましたね」

「そんなの、ずるいです！」

おや。私の予想外の方向で怒っているようですね。

「私だって、乙木のおじちゃんとずっと一緒に居たいです！」

「そ、そうですか。ちなみに理由は？」

「だって、おじちゃんはなんていうか、パパみたいな匂いがしますから。一緒に居たら、安心できて、とっても温かい気持ちになるんです」

「なるほど」

どうやら、ローサさんの場合は恋心とは別物のようですね。ひとまず安心です。

「結婚はダメですけど、パパにならなってあげますよ」

既にイザベラさんからパパみたいだと太鼓判を押されていますからね。これぐらいなら許容範囲でしょう。

「ほ、ほんと？　乙木のおじちゃん、あたしのパパになってくれるのっ？」

「ええ、かまいませんよ」

「やったっ！」

ローサさんは相当嬉しかったのでしょう。かなりの勢いをつけて私に抱きついてきます。父親代わりとなれば、こうした愛情表現も受け止めてあげるのが筋でしょう。

私はしっかりと抱きしめ返して、さらに抱っこをしてあげます。顔の高さを合わせると、ローサさんは首に腕を回してきます。

「えへへ。パパ、大好きっ！」

「ええ、私もローサさんのことは好きですよ」

「やったっ！　あたしもね、パパのこと大好きだよっ！　パパ、パパっ！」

父親が出来て、相当嬉しいのでしょう。ローサさんは頬ずりまでして愛情表現をしてきます。私も同様に、頬ずりをしてあげると、ローサさんも喜んでくれます。

「きゃはは！　パパ、チクチクするね！」

「はい。パパの顎はちくちくですよ」

そんな風に、私とローサさんは小一時間ほどスキンシップを続けました。工場での仕事に帰ろうとした時には、泣きそうな顔で引き止められてしまいましたが、どうにか説得して帰らせてもらいました。

それにしても、父親ですか。

少し今までとは毛色の違う好意ですが、こういったものも良いものですね。


孤児院の子どもたちの問題も片付き、私は久々に自分の店、洞窟ドワーフの魔道具やさんに戻ってきました。時刻はすっかり日も暮れて、近隣の家々の明かりも減り始めた頃です。

つい甘えるローサさんを可愛がっていたら、こんな時間になってしまいました。

「お帰り、おっさん」

夜の店番をしている有咲さんが、笑顔で迎えてくれました。

「ただいま帰りました、有咲さん」

私が挨拶を返すと、有咲さんは満足そうに頷きました。

「工場とか、孤児院の用事とかはもう落ち着いたのか？」

「はい。大分、以前よりは安定してきたかと思います。とは言え、これからも開発はする必要があるので、以前のように一日中魔道具店の方に居る、というわけにはいきませんが」

「そっか、まあ、それでも帰ってきてくれるなら、嬉しいよ」

はにかむような有咲さんの笑顔に、つい私はどきりとしてしまいます。

そういう邪な考えはいけません。すぐに頭の中からその気持ちを追い払い、話題を変えます。

「ところで、私が居ない間に店の方で何か変わったことはありませんでしたか？」

「うーん、まあ。変わったっていうか、ちょっと訊きたいことが出来たっていうか」

有咲さんは言いにくそうにしながら、私の方をちらちらと見てきます。正面から向き合わずに、何かを窺うような視線だけ送ってきます。

「どうかしたのですか？」

「ああ。訊きたいんだけどさ。おっさんと、アタシの噂のこと」

噂、と聞いて私はドキリとします。嫌な予感が脳裏をよぎります。

そして、私の予感は的中しました。

「ご近所さんの間ではさぁ。アタシとおっさんが、その、夫婦ってことになってるらしくて。従業員もみんなそうだと思ってるみたいでさ」

「そう、ですか」

懸念していたことではありますが、ついに来てしまいました。私と有咲さんが、この世界の常識で言えば夫婦同然の関係下にあるという話です。

これは、どうにかせねばなりません。私はちゃんと、責任を取らなければ。

「それで、さあ。おっさんには訊いときたいんだけど。アタシと夫婦だって噂のさ。その、責任っていうか、そういうやつ。ちゃんと取ってくれるんだよな？」

「はい、もちろんです」

私が即答すると、有咲さんの表情は途端に晴れやかになります。

しかし、その後に続く言葉を聞くほどに、今度は曇っていくことになりました。

「まずは、周囲に説明します。私と有咲さんは血縁関係にあって、そういう男女の間柄ではないということ。路頭に迷うところであった姪っ子を保護しただけに過ぎない、とご近所さんや従業員の皆さんに説明します」

「え？」

「私のような、年を取ったおっさんなんかと夫婦になるなんて、あまりにも不幸ですからね。ちゃんと、周囲に勘違いをさせて、有咲さんの将来の不利益となるようなことになってしまった責任は取ります」

泣きそうな、今にも怒り出しそうな。そんな表情で、有咲さんは私にすがりついてきました。

「ち、違うって！　アタシ、おっさんにそういうことしてほしいわけじゃなくて！」

「気にする必要はありません。有咲さんはまだ若いんですから。探せばきっと、いい人が見つかります。素敵な男性と出会えるまで、私が必ず手助けをしますから。妙な噂のせいで異性が寄り付かなくなってしまった分も、私がフォローします。だから、有咲さんは安心して将来のことを考えてください。自分の伴侶(はんりょ)をちゃんと選んでください」

「そんなの、もう決めてんだよっ！」

有咲さんは、怒鳴るような大声で言いました。

「もう、分かってんだろっ？　なあ、おっさん。アタシ、あんたのこと好きなんだよ。結婚したいのはあんたなんだよ。夫婦になりたいのも、一生一緒に居てほしいのも、アンタなんだよ！　雄一お兄ちゃんが、好き、なんだよ」

最後の方は、涙をこらえきれず、震える声を絞り出すようでした。

それだけ、本気の告白だったのでしょう。

ですが、ダメなのです。

私は叔父であり、有咲さんは姪っ子。結婚するわけには、いきません。有咲さんの未来を、こんな枯れたおっさんのために捧げていいはずがないのです。

何よりも、そもそも私には、有咲さんと結ばれるような、そんな大層な権利などありませんから。

私が有咲さんと結ばれるようなことは、あってはいけないのです。

気持ちなら、とっくに理解していました。

店を始めた頃とは、まるで違う有咲さんの態度。スキンシップは増え、柔らかく微笑みかけてくれるようになりました。

そして何より、その好意を行動や言葉の端々にはっきりと表していましたから。

有咲さんが、私に好意を抱いているというのは、とっくに分かっていました。

ですが、だからこそ。

私は予め、そう答えると決めていた言葉を返します。

「ダメですよ、有咲さん。私のような人間では、有咲さんにはふさわしくない。きっと有咲さんには、私なんかよりもずっと素敵な男性と結ばれる時が来ます。だから、ダメなんです。私を選んではいけませんよ、有咲さん」

その言葉を言い切ると同時でした。

バチンッ！　と、私の頬をひっぱたく音。

「雄一お兄ちゃんの、バカッ！」

有咲さんは、泣きながら走り去ります。

階段を駆け上がり、店番を放棄してまで、自分の部屋へ向かって駆けていきます。

きっと、今日はもう引きこもって出てこないでしょう。

そして、きっと私は有咲さんに嫌われたことでしょう。

そう、これでいいのです。

こうでなければいけないのです。

たとえ、互いに想い合っていたのだとしても。

どれだけの後悔が押し寄せようとも。

有咲さんの幸せを思えば、これが最善なのですから。


私と有咲さんの関係の始まりはいつだったかと考えると、その答えは恐らく生まれる前からということになります。

あの日。姉に呼び出され、初の子どもの名前を決めようとなった日。

そこで私は有咲さんの、名付け親となりました。

そして、だからこそ私は、有咲さんに一つの負い目があります。


あの日。姉と、姉の旦那さん。そしてそれぞれの両親に、私。計七人で、生まれる前の女の子の名前を決めようということになりました。

私以外の六人は、無難な名前を選んでいました。

一方で、当時の私はまだ今とは違い、かなり捻(ひね)くれていた頃です。自分こそが一番だと、根拠なく思い込んでいた頃でした。

そして、捻くれ屋だった私は、まるで中学生が患うような厭世観(えんせいかん)をこじらせていました。

そんな中、私が有咲さんの名付けに選んだのは、かの有名な平家物語の冒頭部分です。

祇園精舎(ぎおんしょうじゃ)の鐘の声、諸行無常(しょぎょうむじょう)の響(ひびき)『あり』。『娑(さ)』羅双樹(らそうじゅ)の花の色、盛者必衰(じょうしゃひっすい)の理(ことわり)をあらはす。

二つの文の末尾と始まりから言葉を借り、生まれる女の子に『有娑』と名付けるつもりでした。

まあ、字については姉の可愛くないという苦情により、娑を咲に変えられてしまったのですが。

しかし、私が有咲さんの名前に込めようとした意味については変わりません。

その意味とは。

彼女が将来、どれだけの幸せを、どれほどの栄華を手にしようとも。それらはきっと脆(もろ)く崩れ去り、いつか終わりを迎える。

人生など、所詮その程度の悲劇的なものであると。

生きることに意味など無いのだと。

そんな、まるで『呪い』のような言葉を、私は生まれる前の彼女に与えようとしました。

なんと最低な名付けをしたのだろうと、今でも後悔しています。

本当なら、生まれてくることで祝福されるべき命を、私個人のつまらない、病的な厭世観のせいで、言祝(ことほ)ぎを呪いに変えて、名前として与えてしまったのです。

そんな悪い意味を込めた名前だということも黙ったまま。ただ興味本位で、人生を憂うような名前を有咲さんに与えてしまったのです。

私はつまり、有咲さんが生まれてきたことを祝うどころか、むしろ呪ってしまった。

そんな、最低な奴なのです。

時々、考えてしまいます。

どうして有咲さんが不良のようになってしまったのか。どうして有咲さんが、こんな危険な世界へと召喚されてしまったのか。どうして有咲さんに与えられたスキルが、誰にも分かりやすい力などでなく、追放にまで至ってしまったのか。

それぞれ、ちゃんとした理由はあるのでしょう。

けれど私は、つい考えてしまいます。

もしも私が、名付け親でなかったなら。

もっとしっかりとした名前を与えてあげていれば。

有咲さんは不良にならず、よく学びよく成長し、模範的な学生の一人になっていたかもしれません。

こんな世界に召喚されず、今でも両親の愛に包まれ、ありふれた幸せの中に居たのかもしれません。

クラスメイトの多くと同じように、誰にでも理解できるような、分かりやすく強力なスキルを手にしていたかもしれません。

全て、無意味な妄想でしかありません。理解は出来ています。

けれど、名前で人生を呪っておきながら、自分はなんの関係も無かった、などと言えるはずがありません。

きっとどこかに、私が有咲さんの名付け親であるせいで起こった不幸があるはずだと。そんな懸念が、いつまでも消えません。

そして何より、また同じことを繰り返さないとも限りません。

かつて私が興味本位で彼女の名を呪ったように。

また私は、なんらかの方法で有咲さんを傷つけるかもしれません。

前科があるのですから、疑うのは当然のことです。

そしてこの世界で、もっとも有咲さんの将来の幸福を疑わしいものに変えてしまうのは、他ならぬ私です。

私こそが、有咲さんを不幸にしうる最大の不確定要素なのです。

だから、私は応えられません。

たとえ、既に同じ想いを抱いていようとも。

既に叔父と姪だなんてこと、少しも気になっていなくとも。

有咲さんの幸福のためであれば、決してこの想いに応えてはいけないのです。


かなりの時間が経ちました。

どうやら私は、ずっと呆然としていたようです。

有咲さんの思いを拒絶するのは、想定以上のダメージとなったようです。が、ここで立ち止まるわけにはいきません。

「よし！」

私は自分の顔を、パンッ、と両手で挟むように叩き、気合を入れ直します。

後悔などというものは、それこそ文字通り後でするものです。

今は自分の選択を信じて、やるべきことをやるしかありません。


その日。結局夜の間、有咲さんは部屋に籠もったままでした。

私は有咲さんの代わりに店番を務めながら、これからするべきことを一つ一つ、脳内で考えまとめ上げていきました。

そうしていれば。

有咲さんの泣き顔を考えず、思い出すことなく済みました。

あとがき

皆さまの応援のお陰で、一巻に引き続き二巻までも書籍化という運びになりました。

一巻からさらにキャラクターの数が増え、話がにぎやかになってきたところです。ぜひ、変わりゆく環境に翻弄されながらも、着実に成長していく乙木の物語をお楽しみ下さいませ。

さて、一巻でも男の娘がヒロインの一人として登場しましたが、二巻ではさらにニューハーフやショタもヒロインとして登場しました。

可愛い女の子だけでなく、可愛い男の子もこれからどんどん増えてゆきます。

今後も増えていく予定のヒロインたちですが、そんな彼ら彼女らのことを皆さまにより深く理解していただくため、講義をさせていただきたいと思います。

それはズバリ、男の娘と女装男子についてです。

とても重要なことですが、男の娘と女装男子は似て非なるもの、というよりまったくの別物と言っていいほどの違いがあります。

女装男子は読んで字の通り、女装をした男子のことです。男性的な骨格を持ちながらも、メイクや服の着こなしで特徴を隠し、姿を女性的に見せています。

女性にしか見えないけれど、体つきそのものは男性、というギャップがたまらない属性です。

一方で、男の娘はほとんど女の子にしか見えない場合が多いです。あるいは、特にメイクや服の着こなしなどの技術を駆使しなくとも、女性にしか見えない男性を指す場合も多いです。

また、そのどちらにも該当しない属性としてメス男子というものが存在します。体つきがまるで女性のような男性のことです。別に女装をしているわけでも、女性にしか見えないわけでもなく、単に体つきが女性的なだけの男性がこの属性に該当します。

そして、これらのどの属性に対しても、広い意味で男の娘という言葉が使われたりもします。

当作品で言うならば、シュリヴァは男の娘に該当しますね。

ちなみに、ニューハーフ魔法を使った後の松里家君は文字通りニューハーフです。豊胸などの外科的処置やホルモン剤の服用等で女性的な肉体を手に入れています。

そして、誰とは言いませんが、とあるキャラについてはTS、つまりトランスセクシュアルとなる予定です。

とまあ、長々と語りましたが、これらすべてあくまでも私の持論に過ぎないので、鵜呑みは禁物です。特に女装男子や男の娘の解釈については諸説ありますので、これが正しい！　というわけではありません。

あくまでも当作品ではこう分類している、程度のものだと思っていただければ幸いです。

当作品をより読者の皆様にお楽しみ頂けるよう、今後も我々『Narrative Works』は協力して制作に携わり全力を尽くさせて頂きます。

なにとぞ、著者『日浦あやせ』と、シナリオデザイナーチーム『Narrative Works』をよろしくお願いします。

BKブックス

クラス転移に巻き込まれたコンビニ店員のおっさん、
勇者には必要なかった余り物スキルを駆使して最強となるようです。2

2020年2月20日　初版第一刷発行

著　者　日浦（ひうら）あやせ（Narrative Works）
イラストレーター　鱈（たら）

発行人　大島雄司

発行所　株式会社ぶんか社
〒102-8405　東京都千代田区一番町29-6
TEL 03-3222-5125（編集部）
TEL 03-3222-5115（出版営業部）
www.bunkasha.co.jp

装　丁　AFTERGLOW

編　集　株式会社 パルプライド

印刷所　大日本印刷株式会社

ISBN978-4-8211-4545-4